흑역사는
나의 힘

성공의 비밀 & 기적을 만드는 흑역사

흑역사는
나의 힘

| 이두용 지음 |

도서
출판 **더 로드**
The Road Books

° 프랑켄슈타인 Frankenstein

영국에서 태어난 14살 소년이 있었다. 이 소년은 학교에서 놀다가 넘어져서 앞 이가 깨지고 치골이 크게 흔들렸다. 당시 가정형편이 좋지 않았던 소년은 치료비가 없어서 오랫동안 이를 치료하지 못하고 그대로 방치했다. 결국 소년의 이는 점점 보기 흉한 모습으로 변했고 학교 친구들은 그런 소년을 '프랑켄슈타인'이라고 놀러댔다.

어린 시절의 따돌림 경험과 외모 콤플렉스는 소년을 계속 위축시켰다. 소년은 외롭고 삶에 지칠 때마다 음악을 듣고 따라 불렀다. 그는 이탈리아의 성악가 루치아노 파바로티Luciano Pavarotti를 통해 위로를 받았고 성악가가 되는 꿈을 꾸었다.

소년은 성인이 됐고 어렵게 모은 돈으로 베니스 음악학교에 입학했다. 학교에 입학하여 파바로티 같은 성악가가 되기 위해 노력했다. 하지만 맹장염에 걸린 줄 알고 찾아갔던 병원에서 악성 종양이라는 판정을 받고 치료를 받았다. 그 이후에는 쇄골 뼈가 골절되는 자전거 사고를 당했다. 의사는 이 사고로 더 이상 그가 노래를 부를 수 없을 거라고 말했다.

그는 성악가가 되기 위한 과정은 포기했지만 꿈마저 버리지는 못했다. 휴대전화 판매원으로 살던 어느 날 우연히 오디션 프로그램인 'Britain's Got Talent'에 지원하게 됐다. 이 오디션 프로그램에 처음 출전한 그는 지금 봐도 왠지 어리숙하고 시골에서 상경한 촌스러운 모습이었다. 그가 오페라를 부르겠다고 할 때 방청객과 심사위원은 무표정했다. 노래의 전주가 시작되고 그가 노래하기 시작하자 분위기는 돌변했다. 방청객은 환호와 함께 박수를 치기 시작했다. 어떤 방청객은 기립박수까지 쳤다. 심사위원들도 그의 노래에 소름이 돋을 정도로 놀랐고, 무한 박수를 쳤다. 한 심사위원은 "당신은 정말 굉장히 훌륭한 목소리를 가졌네요. 만약 계속 이런 식으로만 노래한다면, 이 대회 전체를 통틀어 가장 사랑받는 승자 중 하나가 될 수 있을 겁니다."라고 말했다. 결국 그는 대회에서 우승했고 심사위원 중 한명과 18억 원의 돈을 받고 계약했다.

영국뿐만 아니라 세계적으로 유명해진 이 사람은 바로 폴 포츠Paul Robert Potts다. 폴 포츠는 어린 시절 부러진 이 때문에 놀림을 당하고 따돌림을 받았다. 그는 인터뷰에서 이렇게 말했다. "왜 다른 아이들이 나를 놀리는지 이유를 알 수 없었다. 나는 단지 그 아이들과 다를 뿐이라고 생각했다." 폴 포츠는 그 일을 통해 자신감을 상실했고 벗어나는데 오랜 시간이 걸렸다.

폴 포츠는 일반적인 관점에서 볼 때 많은 실패를 했다. 하지만 필자는 이것을 실패라고 부르지 않고 흑역사라고 부를 것이다. 왜냐하면 실패는 실패가 아니라 역사의 한 점이기 때문이다. 과학자들은 실패를 실험이라고 부른다. 많은 실험을 통해서 이론과 학설이 탄생하기 때문이다.

폴 포츠는 30대 중반까지 자신감이 없는, 아파서 노래를 할 수 없는 흑역사 안에 있었지만 오디션 프로그램을 통해 진짜 자신을 찾았고, 흑역사를 빛나는 역사로 바꿔버렸다. 이처럼 우리에게는 많은 흑역사가 있다. 감추고 싶고, 생각하고 싶지 않은 역사가 바로 흑역사지만 흑역사없이 빛나는 역사가 쓰이지 않는다. 이 책은 숨기고 싶은 흑역사에 대한 책이다. 흑역사가 밝은 빛을 보게 되면 역사가 된다. 흑역사를 기억하고 수정하면 나에게 힘이 된다.

이 책은 실패를 통해 좌절하고 낙담하고 있는 청춘들을 위한 책이고, 실패가 두려워 행동하지 못하는 사람들을 위한 책이다. 대학 진학에 실패한 청춘, 학교에 적응하지 못한 청춘, 취업에 떨어진 청춘, 공무원 시험에 떨어진 청춘, 진급 시험에 떨어진 청춘, 사랑하는 사람과 헤어진 청춘, 직장에서 매일 실수하는 청춘, 사람들과의 관계가 원만하지 못한 청춘, 비전과 꿈이 없어서 헤매는 청춘이라면 반드시 읽어라. 물론 한 번도 실패하지 않고 성공한 사람도 당연히 읽어야 한다. 왜냐하면 당신도 언젠가는 실패하기 때문이다. 실패하지 않는다고 자신하지 마라. 그 교만이 언제나 우리를 넘어뜨린다.

흑역사를 나의 힘으로 바꾸기 위해 이 책은 6장으로 구성했다. 1장은 흑역사가 무엇인지 파헤칠 것이다. 2장은 흑역사가 필요한 이유, 3장은 흑역사로 힘을 얻고 달인이 된 사람들에 대해 알려줄 것이다. 4장과 5장은 흑역사를 극복하고 빛나는 역사로 바꾸는 방법을 소개한다. 마지막 6장은 흑역사를 나의 힘으로 바꿔서 우리가 성취할 미래를 보게 될 것이다.

° 실패가 두려운가?

실패하고 싶지 않아서 도전조차 하지 않는가? 우리나라의 사회 분위기는 실패를 받아들이지 않고, 실패를 권하지도 않는다. 오직 한 번에 성공해야 되고, 실패는 실패자라는 낙인이 찍히고, 실패에서 벗어나는데 너무 어려운 나라다. 이런 사회 분위기가 청춘들을 도전조차 하지 못하게 하고 있다.

청춘들이여, 실패는 실패가 아니다. 실패는 도전이고 실험이다. 실패 없는 성공은 없고, 실패 없는 성공은 반드시 실패하게 되어 있다. 실패는 역사의 한 점일 뿐이다. 그것은 흑역사일 뿐이다. 흑역사도 역사다. 두려워하지 마라. 이 시대의 많은 흑역사를 통해 용기를 얻기 바란다. 당신도 할 수 있다. 흑역사는 우리의 힘이다. 흑역사는 나의 힘이다.

"실수하며 보낸 인생은
아무 것도 하지 않고 보낸 인생보다
훨씬 존경스러울 뿐만 아니라 훨씬 더 유용하다."

조지 버나드 쇼

비저너리 *visionary* 이두용

CONTENTS

1장

흑역사, 너 누구냐?

흑역사가 알고 싶어?

° 전설의 탄생

최근 전 세계를 강타한 컴퓨터 게임이 있다. 이 게임은 기획 단계부터 철저히 해외 시장을 노리고 개발해 세계적인 돌풍을 일으켰다. 누적 판매량 3,000만 장을 돌파하고, 동시 접속자 수 300만 명을 넘으면서 기네스북 7개 부문에 등재됐다. 대한민국에서 개발한 게임 가운데 최초로 미국 매체들이 꼽은 '올해의 게임'에 이름을 올리고, 'K게임'의 역사를 새로 썼다는 평가를 받고 있다.

청춘들이라면 이 게임이 무엇인지 금방 눈치 챘을 것이다. 이 게임은 바로 '배틀 그라운드Battle Ground'다. 게임업계 관계자들에게 "2017년 가장 인상적인 게임이 무엇이냐?"고 물으면 한결같이 '배틀 그라운드'를 꼽는다. 배틀 그라운드는 블루홀 자회사인 펍지 주식회사가 개발해 2017년 3월 출시한 PC 온라인 총싸움게임이다.

배틀 그라운드를 만들어 성공한 사람은 김창한 펍지 대표다. 그는 이 게임으로 인생 역전에 성공했다. 그러나 김창한 대표에게도 흑역사가 있었다. 그것은 17년 동안 한 번도 눈에 띄는 게임을 만들지 못했다는 것이다. 김창한 대표는 1974년 서울에서 태어났다. 경기과학고를 졸업하고 KAIST에서 전산학 박사 학위를 받았다. 그가 박사 과정을 밟을 때 벤처 붐이 일었다. 박사 과정 지도교수였던 양재헌 블루홀 고문이 2000년 세운 스타트업신생 벤처기업에 창업 멤버로 참여하면서 게임업계에 발을 들였다. 여기서 제작한 게임은 대규모 다중접속역할수행게임MMORPG이었다. 이것은 수백 명에서 수천 명이 한 서버에 동시 접속해 게임을 하는 것이다. 원활한 게임 운영을 위해서는 많은 이용자를 동시에 안정적으로 수용할 서버 기술이 필요하다. 박사과정에서 분산시스템을 배운 그는 전공을 살려 서버 개발을 맡았다.

이후 넥스트플레이, 지노게임즈에 창업 멤버로 참여해 10여 년간 온라인 MMORPG 3편온라인게임 '세피로스' '펀치몬스터' '데빌리언'을 개발했지만 뚜렷한 히트작을 내지 못했다. 김창한 대표는 본인 스스로 "실패만 거듭한 개발자였다"고 회상했다. 세 번째 회사인 지노게임즈가 2015년 블루홀에 인수됐다. KAIST 전산학부 1년 선배인 장병규 블루홀 의장과 다시 인연을 맺게 됐다. 그는 블루홀 산하 개발 스튜디오가 된 블루홀지노게임즈에서 배틀 그라운드 개발을 시작했다.

이번이 마지막 기회라는 생각으로 개발한 배틀 그라운드는 빅히트를 쳤다. 소수 취향인 '배틀 로얄' 장르를 선택하면서 기존 총싸움게임에 싫증을 느낀 이용자를 끌어들였다. 세계 최대 온라인게임 플랫폼 '스팀'을 통해 개발 단계부터 이용자가 즐길 수 있도록 하면서 북미 이용자 입맛에 맞췄다. 게이머들 사이에서 "재미있다"는 입소문을 타자 이용자가 급격히 늘어났다. 결국 3,000만장의 판매고와 300만 명 이상의 접속자가 몰리는 전설의 게임으로 등극했다.[1]

° 흑역사는 과거다

흑역사란 검은 '흑'과 '역사'가 합성된 용어로 신조어다. 흑역사의 뜻은 '없었던 일로 해버리고 싶은 과거의 일'이다. 흑역사의 유래는 정확하지는 않지만 일본 애니메이션 '턴 에이 건담'에서 처음 쓰여 졌다고 한다. '쿠로레키시'라는 일본어로 '과거에 일어난 우주 전쟁의 역사'를 뜻한다.

흑역사는 지우고 싶은 과거의 모습이나 일이다. 유튜브에서 흑역사를 검색해보면 '역대 아이돌 흑역사', '유명인 흑역사', '음이탈로 흑역사 만든 가수들' 같은 연예인의 과거 모습 영상이 많이 올라와있다. 지금 그 영상을 보면 촌스럽고 웃긴다. 또 흑역사는 실수나 실패했던 일을 의미한다. 검색 포털에서 흑역사를 검색하면 기업의 실패나 영화 제작 실패에 대한 글이 있다. 이처럼 흑역사는 지우고 싶은 과거의 내 모습이나 실패했던 일을 말한다.

김창한 펍지 대표는 과학고와 카이스트 출신의 수재였다. 하지만 17년 동안 업계에 두각을 내지 못했고, 10년 동안 단 3개의 게임을 출시했다. 그 게임들의 이름을 봤는가? 필자가 게임을 안 해서 잘 모르기도 하지만 너무 생소한 게임들이다. 여러분은 아는 게임이 있는가? 아마 없을 것 같다. 김창한 대표는 게임업계에서 실패한 사람이었다. 김대표에게는 이 실패가 흑역사였다. 아마도 지우고 싶은 흑역사, 벗어나고 싶은 흑역사였을 것이다. 자세히는 모르겠지만 그는 이 흑역사를 벗어나기 위해 발버둥 쳤을 것이다. 그의 인터뷰에서 느껴지듯이 김창한 대표는 이번이 마지막이라는 생각으로 철저하게 준비하고 최선을 다했다. 결국 어마어마한 대박을 치는 게임이 탄생했고 흑역사에서 벗어날 수 있었다.

당신은 지우고 싶은 과거의 모습이 있는가? 되돌리고 싶은 지난 일이 있는가? 실패했던 경험이 있는가? 만약 있다면 당신은 흑역사가 존재하는 것이다. 흑역사는 누구에게나 있다. 하다못해 10년 전 사진을 꺼내보면 지금과 다른 흑역사의 현장을 볼 수 있다. 흑역사가 없는 사람은 없다. 만약 흑역사가 없다면 그것은 인간이 아닌 악한 존재일 것이다. 악한 존재는 악한 일만 하기 때문에 흑역사가 없다.

실패 No, 흑역사 Yes

° 실패는 실험이다

토머스 에디슨Thomas Alva Edison은 미국 역사상 가장 위대한 발명가다. 아니 역사상 전 세계에서 가장 뛰어난 발명가라고 해도 부족하지 않다. 에디슨이 미시간 주의 포트 휴론 초등학교에 입학했을 때 교사들은 그가 너무 느리고 다루기 힘들다고 불평했다. 결국 에디슨의 엄마는 학교를 그만두게 하고 집에서 직접 에디슨을 가르쳤다. 그 결과 에디슨은 특히 과학에 높은 흥미를 보였다. 에디슨은 겨우 열 살에 자신의 첫 번째 화학 실험실을 꾸밀 정도였다. 에디슨의 지칠 줄 모르는 에너지와 노력은 일생 동안 1,300개의 발명품을 탄생시켰다.

토머스 에디슨은 전구를 발명할 때 2,000번의 실험 끝에 성공했다. 한 젊은 기자가 그에게 그토록 수없이 실패했을 때의 기분이 어떠했는지를 물었다. 에디슨은 이렇게 대답했다. "실패라니요? 난 한 번도 실

패한 적이 없습니다. 난 단지 2,000번의 단계를 거쳐 전구를 발명했을 뿐입니다."라고 말했다.[2]

사람들은 보통 어떤 일을 할 때 또는 에디슨처럼 실험을 할 때 성공하지 못하면 실패했다고 표현한다. 성공의 반대말을 실패라고 규정한 것이다. 하지만 에디슨과 같은 과학자들은 성공의 반대말을 '실패'라고 하지 않고 '실험'이라고 한다. 과학은 실험을 통해서 새로운 것을 발견한다. 실험이 없다면 과학은 존재하지 않는다. 나사에서 우주탐사계획을 세우고 수많은 실험을 통해 달 탐사에 성공했다. 물속에서 장시간 타고 다닐 수 있는 배를 만들 때 실험을 통해 잠수함이 개발됐다. 노벨이 안전한 폭약을 개발할 때도 많은 실험을 통해 다이너마이트를 개발했다. 과학에서 실패는 언제나 존재한다. 하지만 실패는 실패가 아니라 실험이고, 계속되는 실험은 새로운 기술을 만들고 새로운 이론을 창조한다.

실패는 실험이다. 과학자는 실험을 하고 성공하지 못하면 실패했다고 생각하지 않고 다음 실험을 준비한다. 팀 호에르는《성공을 준비하는 비전의 기술》에서 성공을 이렇게 정의했다. "성공은 목표를 수행하고 다른 사람들의 삶에 영향을 미친다. 우리에게 진정한 성공을 경험하게 하는 것은 다른 사람들과 함께, 다른 사람들을 통해서, 그리고 다른 사람들을 위해서 기울인 우리의 노력이다." 성공은 주관적이고 함께 이루어야 하며 나눠주는 것이다. 큰 빌딩, 명품 옷, 수입차, 큰 집이 성공이 아니다. 이런 것은 자신의 분야에서 성공할 때 주어지는 수확

물이다. 만약 이 수확물이 성공이 된다면 성공의 반대말은 큰 빌딩을 갖지 못한 것, 명품 옷을 못 입는 것, 수입차를 못 타는 것, 큰 집이 없는 것이다. 이렇게 되면 성공의 반대말은 실패가 된다. 하지만 성공의 진짜 의미를 알면 실패는 성공의 반대말이 아니게 된다. 성공의 반대말은 없다. 실패는 성공으로 가는 과정일 뿐이고 실험일 뿐이다. 지금부터 실패라는 말을 쓰지 말고 실험이라는 말을 사용하자. 당신은 오늘 당신의 성공을 위해 얼마나 많은 실험을 했는가?

° 실패는 시련일 뿐이다

1953년 6월, 휴전 협정이 임시 조인되면서 미군들이 일본으로 철수하기 시작했다. 정주영 회장은 미군 공사를 도맡아 하면서도 미군 공사에만 의존하고 있어서는 안 되겠다 싶어 정부의 복구공사에도 적극적으로 뛰어들었다. 어느 정도 적자를 예상하면서도 조폐공사의 동래 사무실과 건조실 신축 공사를 수주했다. 1953년 10월에 공사가 시작됐다.

공사가 시작된 지 5개월도 안 되어 1954년 초 '긴급 통화 조치령'이 공포되고 화폐 가치가 100원에 1환으로 평가 절하됐다. 당시 경제는 극심한 혼란이 가중됐다. 그럼에도 정주영 회장은 1954년 4월 고령교 복구공사를 시작했다. 이 공사는 공사 기간 24개월, 공사 금액 5천 4백 78만 환이었다. 고령교는 대구와 거창을 연결하는 교량으로 지리산 무장 공비 토벌을 위해 복구가 시급한 처지였다. 그때까지 정부 발주 공사로는 고령교 공사가 최대 규모였다.

공사는 처음부터 어려웠다. 교각은 기초만 남아 있었다. 파괴된 상부 구조물이 그대로 물에 잠겨 있어 말이 복구공사지 오히려 신축 공사가 더 쉬웠다. 겨울에는 모래가 쌓여 얕아지고, 여름에는 물이 불어나 겨울철 몇 배의 깊이가 됐다. 변동이 심한 낙동강 수심은 큰 문제였다. 정주영 회장은 이때까지 큰 공사를 해본 경험이 없어 장비 개념이 부족했지만 국내에 건설 장비 자체가 아무것도 없던 때였다.

고령교 공사가 시작되고 1년이 지났으나 아직 교각 한 개도 다 박아 넣지 못했다. 그동안 물가는 천정부지로 뛰어올랐다. 공사 시작 당시 견적에 7백 환으로 책정한 기름 단가가 2천 3백 환이 됐다. 다른 모든 자재비용과 인부들의 임금도 함께 날마다 뛰어올랐다. 모든 물가가 120배로 상승했다.

고령교 공사로 정주영 회장이 정신없는 상황에도 조폐공사 동래 사무실과 건조실 공사는 7천만 환의 막대한 적자를 보고 완공됐다. 미군 공사에서 알뜰하게 벌어 모은 돈을 조폐공사에 다 털어 넣다시피 한 것이다. 결국 회사 재정은 바닥이 드러났다. 공사장의 인부들이 임금을 내놓으라고 파업을 했다. 가뜩이나 부진한 공사는 더욱 느려지고 하루하루 지연됐다. 월급이 밀리고 있는 것은 물론이고 현대건설 사무실은 매일 빚쟁이들로 아우성이었다. 아무리 어려워도 낙관적인 정주영 회장도 그때는 잠깐 길이 보이지 않았다. 방도가 없는 것 같았다. 그러나 고령교 공사는 정주영 회장의 몸을 팔아서라도 마무리를 지어야 했다. 정주영 회장은 "사업은 망해도 다시 일어설 수 있지만 인간은 한 번 신용을 잃으면 그것으로 끝장이다."고 생각했다.

　정주영 회장은 이 시련으로 실패의 뿌리를 잡았고, 다음 순서는 전화위복이라고 생각했다. 그는 동생들, 매제 김영주와 최기호를 모아놓고 시련 극복과 수습 방안으로 각자의 집을 처분하기로 뜻을 모았다. 집 네 채를 팔아 9천 9백 70만 환을 현대건설에 자본금으로 집어넣었다. 설립 당시 자본금 30만 환을 합쳐 총자본금 1억 환을 만들어 침체에 빠져 있던 고령교 복구공사에 박차를 가했다. 그동안 물가가 120배나 뛰었기 때문에 가족들의 집을 팔아 넣고도 얻을 수 있는 빚은 다 끌어들여야 했고, 이자는 월 18퍼센트나 되어 1년이면 쓴 돈의 두 배를 이자로 내야 했다.

　1955년 5월, 마침내 악몽의 고령교는 최악의 상황 속에 처음 계약 기간보다 2개월 늦게 완공됐다. 공사 금액 5천 4백 78만 환보다 많은 6천 5백만 환으로 공사를 끝냈고 1천 22만 환의 엄청난 적자를 봤다. 정주영 회장의 실수는 경험 부족이었다. 그는 그 당시 국내의 형편없이 부실한 건설 장비로는 고령교 정도의 공사도 힘들다는 사실을 깨달았다. 비싼 수업료를 낸 것이다. 정주영 회장은 다소 쓸쓸하고 울적하기는 했지만 상황만큼 절망을 느끼지는 않았다.

　정주영 회장은 미군 공사로 승승장구했지만 처음 맡은 두 건의 정부 공사에서 큰 적자를 냈다. 고령교 공사는 현대건설이 20년 동안 빚을 갚아야 했다. 그러나 그는 이것을 실패로 생각하지 않았다. 그는 실패에 대해 이렇게 말했다. "이것은 시련이지 실패가 아니다. 내가 실패라고 생각하지 않는 한 이것은 실패가 아니다. 나는 생명이 있는 한 실패는 없다고 생각한다. 내가 살아 있고 건강한 이상, 나한테 시련은 있을지언정 실패는 없다." 3)

정주영 회장은 우리나라 건설 역사에서 전설이다. 그가 아산만 방조제를 만든 유조선 공법은 당시 어떤 기술자나 교수도 생각해내지 못한 공사 방법이었다. 이 공법이 실현되고 많은 전문가가 놀랐고 이 기술을 배웠다. 이런 정주영 회장도 우리나라 건설 초창기에는 쓰디 쓴 시련이 있었다. 인부들이 파업을 하고, 빚쟁이들이 회사로 찾아와 사무실을 점령하고, 돈 달라고 협박을 했다. 회사가 곧 망할 분위기였다. 상황을 벗어날 해답이 보이지 않을 때 정주영 회장도 낙담하고 길을 찾지 못했다. 하지만 그는 실패의 문 앞까지 왔을 때 이것을 실패라고 생각하지 않았다. 그는 이것을 시련이라고 생각했다. 사실 정확하게 따지고 보면 공사는 완료했지만 공사비 1천 22만 환 적자는 실패한 것이다. 아마 2018년 지금 이 정도의 적자를 낸 공사가 있다면. 그 공사를 맡은 회사는 3개월 안에 망할 것이다. 고령교 공사는 망한 공사, 실패한 공사다. 하지만 정주영 회장은 그것을 실패라고 생각하지 않았다. 자기에게 현재 주어진 시련이라고 생각했다. 그리고 시련이 있는 것이지 실패는 없다고 생각했다. 결국 정주영 회장은 20년을 버티면서 현대건설을 우리나라에서 최고의 회사로 만들었다.

혹시 독자 중에 매일 빚 독촉에 시달려 본 사람이 있을지 모르겠다. 아마 많을 것이다. 필자도 두 번의 경험이 있다. 한 번은 20대에 친구에게 돈을 빌려주고 받지 못해서 카드 회사로부터 동산 압류장이 집으로 날아왔었다. 다행히 친구에게 돈을 받아서 카드빚을 갚을 수 있었다. 또 다른 경험은 최근에 일어났다. 잘 진행되던 사업이 사기 사건에 휘말리고 자산이 동결되는 상황이 벌어졌다. 게다가 투자한 자산은 매일 가치가 떨어졌다. 결국 더 이상 빚을 갚을 수 없는 처지가 되어서 빚을 떠안게 됐다. 대출금과 카드 비용을 해결하지 못하자 아침 9시부터 저녁 7시까지 매일 수십 통의 전화와 문자가 오기 시작했다. 물론 전화도 안 받고 문자도 안 봤다. 전화기를 무음으로 하고 사용하지도 않았다. 이럴 때 정신이 강하지 않으면 조급해지고 감당할 수 없는 것이 일반적이다. 카드 회사와 대출 은행에는 미안하지만 내가 살아야 하니까 어쩔 수가 없었다. 난 실패는 시련일 뿐이라는 믿음으로 이 상황을 해결했다. 내 믿음대로 지금은 원래 위치로 돌아왔다.

실패는 시련일 뿐이다. 언젠가는 극복된다. 정주영 회장이 20년 동안 고령교 공사의 빚을 해결한 것처럼 언젠가는 극복되는 것이 시련이다. 시련은 흑역사다. 흑역사는 내가 살면서 기록되는 역사책에 한 점으로 기록될 뿐이다. 흑역사는 그 이상도 그 이하도 아니다. 시련으로 기억될 뿐 내가 성공으로 가는 길에 아무 걸림돌도 되지 않는다. 오히려 시련은 정주영 회장이 전화위복으로 생각한 것처럼 우리의 힘이 된다. 이제 더 이상 실패를 실패라고 부르지 말자. 실패는 실험이고 시련일 뿐이다. 실패는 내 인생에 지나가는 흑역사다.

흑역사가 있는 사람

° 빛나는 흑역사

동아대학교 한석정 총장은 서울대학교를 졸업하고 미국 명문 시카고 대학에서 사회학 박사 학위를 받았다. 박사 학위를 받고 42세가 되어서야 학자의 꿈을 이뤘다. 하지만 한석정 총장이 42세에 학자의 꿈을 이루기 위해 지나온 길은 흑역사의 길이었다.

그는 삼수를 해서 대학에 들어갔지만 올 F학점으로 유급됐다. 사수를 해서 다시 대학에 들어갔지만 2차례나 학사 경고를 받았고 성적이 안 좋아서 과를 바꿔야 했다. 대학을 졸업하고 취직을 했지만 취직한 회사들은 망해서 없어졌다. 한석정 총장은 학자의 길을 가기 위해 유학을 가기로 결심했다. 친구들은 유학을 가기로 결심한 그에게 이렇게 말했다. "네가 유학 가는 미국 대학도 망할 거야." 다행히 그 대학은 망하지 않았고 한석정 총장은 박사학위까지 받을 수 있었다.

도시락 회사 김승호 대표는 전 세계에 1,300여 개 매장을 운영하고 있다. 개인 총자산은 4,000억 원에 이른다. 이런 그도 흑역사를 가지고 있다. 유기농 식품점, 컴퓨터 조립회사, 신문사, 이불가게가 모두 망했다. 김승호 대표는 7번 정도 망해서 망하는 데에는 전문가라고 말한다. 그는 40세 전까지 거의 모든 일이 다 망했다. 일곱 번 실패하고 여덟 번째 겨우 한 번 성공해서 이제 사업가의 모습이 나타났다고 말한다.

지아 장Jia Jiang은 거절 전문가로 활동 중인 미국의 블로거blogger다. 그는 100일간 거절당하기 프로젝트를 수행해서 책을 쓰고 강연도 하고 있다. 그는 왜 거절전문가가 됐을까? 지아 장은 여자들로부터 거절, 대학 때 아르바이트 거절, 6살 때 미술반 들어가기 거절, 차량 압류, 신용 불량, 취업 실패, 대학원 진학 포기, 고등학교 진학 실패, 투자자들에게 거절, 신용카드 정지, 승진 실패, 대학 졸업 실패와 홈스테이 거절을 당했다. 그는 자신이 거절당하는 것에 두려움이 많다는 것을 알았다. 그래서 카메라를 들고 100일 동안 거절당하는 일만 찾아다녔다. 그는 거절당할수록 오히려 대담해졌다. 지아 장은 100일 동안의 거절당하기 프로젝트로 실패에 대한 두려움을 없앴다. 지아 장은 말한다. "나의 경우에는 거절이 저주이자 두려움의 대상이었다. 거절에 대해 계속 도망치고 있었기 때문에 평생 나를 괴롭혔다. 나는 이제 거절을 받아들이기 시작했다. 거절은 내 인생 최고의 선물이 됐다."

핀란드에는 실패를 기념하는 날이 있다. 이 실패의 날은 최고의 휴대전화 회사, 핀란드 경제를 책임지고 있던 노키아의 몰락에서 시작됐다. 노키아는 스마트폰으로 휴대전화가 변화되고 있는 시장을 인지하지 못했다. 노키아는 예전 사업 방식을 따르다가 시장에서 밀려나 결국 도산하고 말았다. 핀란드 사람들 아니 전 세계 그 누구도 노키아가 망할 거라고 생각하지 못했다. 노키아에서 나온 우수한 인재들은 어떻게 해야 할지 막막했다. 그들은 너무 당황했고 어찌할 바를 몰랐다. 곧 정신을 차린 노키아 전문가들은 스타트업으로 새로운 기회를 만들어 냈다.

일자리를 잃은 노키아 기술자들은 스타트업으로 시작된 회사에서 게임을 개발하기 시작했다. 이들이 만든 게임은 세계적으로 빅히트를 쳤다. 그 게임 중 하나가 클래시 오브 클랜Clash of Clans이다. 클래시 오브 클랜은 핀란드의 슈퍼셀Supercell에서 개발한 글로벌 모바일 게임이다. 슈퍼셀은 이 게임을 통해 많은 돈을 벌었다. 핀란드에는 이런 회사들이 많이 있다. 이런 스타트업을 통해 벌어들이는 1인 수입이 123억이나 된다고 한다. 노키아의 도산으로 핀란드 경제까지 위험에 처해졌지만 핀란드 정부와 노키아의 기술자들은 새로운 발상과 도전으로 큰 성공을 이루었다.

슈퍼셀은 10개의 게임을 개발하면 9개가 실패하고 한 개만이 살아남았다. 그렇게 실패를 거듭하면서 좋은 게임이 개발된 것이다. 실패가 발생한 경우 회사 직원들은 당사자나 그 팀에게 실패에 대해서 이야기 해달라고 부탁한다. 회사에는 실패를 나누기 위한 공간이 있어서 프로젝트에서 무엇이 잘못되고 잘되었는지, 그리고 그 실수로부터 무엇을 배웠는지를 무대에 서서 공개한다. 직원들은 정기적으로 실패 기념 파티도 한다. 이들은 실패에 대해 이렇게 말한다. "가장 중요한 것은 실패에 대해서 공개적으로 이야기하는 것이다. 실패가 심각할수록 더욱 공개적으로 이야기해야 한다. 솔직하고 열린 토론을 해야 한다."

° 흑역사를 고백하다

실수와 실패를 고백하기는 쉽지 않다. 특히 우리나라 정서는 실패하면 안 되고 실수는 용납할 수 없다는 인식이 뿌리박혀 있다. 실패를 가르치는 학교나 실패 전문가도 드물다. 이런 상황에서 자신의 실수나 실패를 고백하기는 쉽지 않다. 특히 인생에서 큰 상처를 받거나 혹독한 시련의 경우에는 남들에게 더욱 비밀로 한다.

위에 언급한 사례는 SBS 스페셜 '나의 빛나는 흑역사'에서 방송된 내용이다. 한석정 총장은 자신의 흑역사를 학교 특강으로 만들어서 학생들에게 널리 전파하고 있다. 그가 특강으로까지 만들어서 강의를 하는 이유는 흑역사가 얼마나 중요한지, 흑역사를 통해서 어떻게 성공했는지 알리기 위해서다. 한석정 총장은 42살에 처음으로 학자의 꿈을 이뤘을 때 권투를 시작했다고 한다. 그는 언제든 쓰러졌을 때 다시 일어서기 위해서 권투를 시작한 것이다. 그는 말했다. "인생에서 가장 큰 힘은 바닥을 칠 때 나온다."

지아 장은 자신의 거절에 대한 두려움 때문에 거절 프로젝트를 도전했고 결국 두려움을 이겨냈다. 그는 자신의 흑역사를 책으로 고백했을 뿐만 아니라 테드Ted에도 출연해서 전 세계에 고백했다. 슈퍼셀은 매일, 매주 흑역사를 나누고 파티까지 한다. 이들은 어디에서 그런 힘이 난 것일까?

필자는 그들의 힘이 흑역사 자체에서 나왔다고 믿는다. 흑역사는 지난 시련과 실패의 기록이며 과정이다. 누구에게도 말하고 싶지 않고 들키고 싶지 않은 과거다. 하지만 흑역사를 힘으로 생각하면 시련과 실패의 과거는 빛나는 흑역사가 되는 것이다. 흑역사에는 숨겨있는 힘이 있다. 그 힘은 지난 실패나 실수에서 얻을 수 있는 지혜와 용기다. 지난 번 잘못한 실패나 실수는 다음 도전에서 실패할 확률을 떨어뜨린다. 만약 두 번이나 같은 실패와 실수를 한다면 그 다음 도전은 실패할 확률은 10% 이하로 떨어지고 성공할 확률은 90%로 높아진다. 이처럼 흑역사는 경험의 비밀이 숨어있다. 이 비밀을 알고 터득할 수 있는 사람은 오직 흑역사가 있는 사람만 가능하다. 흑역사가 있는 사람은 힘이 있는 사람이다. 그 힘을 사용하느냐 사용하지 못하느냐는 자신에게 달렸다. 흑역사를 어둠의 세계로 보던지 아니면 빛나는 세계로 가는 통로로 보던지 그것은 오직 당신에게 달렸다.

당신은 흑역사가 있는 사람인가? No라고 대답한다면 당신은 거짓말쟁이다. 당신은 흑역사가 당연히 있는 사람이다. 하다못해 엉덩이에 숨기고 싶은 점이 있을 수도 있다. 흑역사를 숨기지 말자. 흑역사가 있는 사람이 당당한 사람이고 자신을 변화시킬 수 있는 힘을 가진 사람이다. 흑역사를 두려워하지 말자. 흑역사가 없는 것을 두려워해라. 흑역사가 없다면 당신은 아무것도 도전하지 않았고 아무것도 이루지 못한 것과 같다.

흑역사는 고통이다

° 육체적 고통

앞에서 필자는 실수와 실패를 더 이상 실수와 실패로 부르지 않고 흑역사라고 부르기로 했다. 실패를 실험이라 생각하고 앞으로 나아갈 것을 강조했다. 하지만 흑역사는 그래도 아픈 일이다. 흑역사는 실제 내 몸을 많이 아프게도 한다. 잠깐 아픈 것은 다행이지만 계속되는 극심한 고통은 몸뿐만 아니라 정신까지 망가트려서 정상적인 삶을 살지 못하게도 한다.

미첼은 바이크 사고로 몸의 65퍼센트 이상 화상을 입어 포크도 사용할 수 없었다. 전화기의 다이얼도 돌릴 수 없으며 다른 사람의 도움 없이는 화장실도 갈 수 없었다. 그러나 해병대 출신이던 미첼은, 자신은 결코 어떤 상황에도 굴복하지 않는다고 믿었다. 미첼은 말했다. "나는 내가 조종하는 우주선의 선장이다. 우주선이 올라가도 내가 올라가는 것이고 내려가도 내가 내려가는 것이다. 나는 이런 상황을 좌절로 볼 수도 있고 전환점으로 볼 수도 있다."

여섯 달 뒤 미첼은 다시 경비행기를 타기 시작했다. 그는 콜로라도에 빅토리아풍의 집과 약간의 땅, 경비행기 한 대와 스탠드 바Stand bar, 긴 스탠드 앞에 의자를 늘어놓고 바텐더가 여러 손님을 상대하는 술집를 구입했다. 얼마 뒤에는 친구 두 명과 동업해서 나무를 이용하는 난로 회사를 차렸다. 미첼은 이 회사를 버몬트에서 두 번째로 큰 회사로 키웠다.

바이크 사고를 당한 지 4년 후, 미첼은 경비행기를 조종하기 위해 비행기에 탔다. 비행기는 이륙하던 도중에 추락했다. 그는 이 사고로 목숨은 건졌지만 갈비뼈 열두 개가 부러졌고 하반신이 영구 마비됐다. 미첼은 생각했다. "도대체 왜 나한테 이런 일이 계속 일어나는지 이해가 가지 않아. 내가 어떤 나쁜 짓을 했기에 이런 일을 당하는 거야."

미첼은 슬픔에 잠겨 있는 대신 가능한 한 독립적인 인간이 되기 위해 밤낮으로 노력했다. 그는 자신을 독립적인 존재가 되도록 만들었고, 콜로라도 주의 크레스티드 뷰트 시장으로 뽑혔다. 그 후 미첼은 미국 하원의원 진출을 시도했다. 이때 미첼은 사고를 당한 자신의 이상한 외모를 이용해 다음과 같은 슬로건을 만들었다. "예쁘장한 얼굴 또 뽑아봐야 아무 소용없다!"

미첼의 얼굴은 처음 만나는 사람에게 충격을 주는 얼굴과 신체 조건을 가졌다. 하지만 그는 급류 뗏목타기를 시작했고, 한 여자와 사랑에 빠져 결혼했다. 대학 행정학 학위도 받았다. 미첼은 사고를 당한 경비행기 조종도 다시 시작했고, 환경보호 운동과 대중 연설을 계속했다. 이런 긍정적인 삶의 자세 덕분에 미첼은 '투에이쇼'와 '굿모닝 아메리카'에 출연했으며 '뉴욕타임스', '타임', '퍼레이드'도 그의 이야기를 특집 기사로 다뤘다.[4]

　미첼의 이야기는 소설이 아니라 실화다. 그는 두 번이나 큰 사고를 당했고 육체적 고통을 당해야 했다. 실제 얼굴은 사고의 후유증이 많이 보인다. 그의 손에는 손가락이 없다. 남들과 다른 모습 때문에 당했을 이상한 시선도 그에게는 큰 아픔이었을 것이다. 아무리 미국이라도 그런 모습을 스스로 감당하기에는 쉽지 않다. 하지만 미첼은 그것을 더 이용했다. 자신의 특이한 얼굴을 무기로 하원의원에 도전했다. 우리나라에서는 쉽게 상상할 수 있는 일은 아니다. 바이크는 탈 수 없지만 경비행기는 다시 조종했다. 자신의 한계를 극복한 것이다. 자신이 가지고 있던 흑역사를 무기로 삼아 인생을 다시 시작했다.

° 흑역사는 너무 아프다

　미첼은 사고로 죽을 고비를 두 번 넘겼다. 그 고통은 당해보지 않은 사람은 모를 것이다. 필자도 어릴 때 그런 고통을 당했다. 1살이라 기억은 나지 않지만 몸에는 지금도 생생하게 흔적이 남아있다. 이제 막 걷기 시작한 나는 방에서 기어 다니다가 아궁이에 올려놓은 뜨거운 물이 담긴 솥에 떨어졌다. 1970년대에는 못살던 시절이라 현관문을 열면

부엌이고 방으로 들어가려면 한 단을 올라가야 했다. 지금도 강원도 시골에 개량하지 않은 집은 이렇게 되어있다. 필자는 그렇게 방에서 기어 다니다가 부엌이 있는 아래로 떨어진 것이다. 난 가슴에 뜨거운 물을 뒤집어썼고 병원으로 실려 가서 3일 동안 혼수상태에 있었다. 몸에 4도 화상이면 신경 조직, 근육 조직과 뼈 조직이 손상된다. 불에 의한 화상의 경우에는 신체의 20%가 손상되면 생명이 위태롭다. 1살의 작은 아기는 30%의 신체가 뜨거운 물에 화상을 입었지만 살아났다. 기적이다. 난 그 기적으로 지금까지 살고 있다. 당시 너무 어려서 기억은 나지 않는다. 자라면서 화상으로 몸이 아팠던 적도 없다. 물론 어릴 때 가슴을 중점적으로 다쳐서 장기가 약해진 것은 사실이고 체력이 많이 약했다.

1970~80년대는 우리나라 대부분의 가정이 가난한 시절이었다. 우리 집도 마찬가지로 가난했다. 겨우 입에 풀칠하던 시절이라 내 상처의 치료는 잘 이루어지지 않았다. 세월이 지나고 성장하면서 왼쪽 겨드랑이 부분이 이상한 것을 발견했다. 뜨거운 물이 겨드랑이에 닿아 살이 녹으면서 붙은 것이다. 성장하면서 오른쪽 팔보다 왼쪽 팔이 조금씩 차이가 나기 시작했다. 가난한 시절 치료를 잘 못했고 주의 깊게 보지 못한 것이다. 결국 11살에 절단 수술을 했다. 늘어진 겨드랑이 부분을 절단하고 허벅지에서 살을 떼어 붙이는 대수술을 했다. 지금도 그때의 역사적인 상처가 내 몸에 고스란히 남아있다. 그 상처는 없어지지도 않는다. 그 당시 수술 받은 것이 지금도 생각난다. 수술 받고 마

취에서 깨어났는데 너무 아파서 소리 지르고 팔을 휘저었다. 간호사가 와서 수술 부위에 문제가 생길까봐 팔을 침대에 묶고 안정제를 놔줘서 잠이 들었다.

이렇게 고통스런 내 몸의 흑역사는 끝났다. 지금도 내 몸에 간직하고 있다. 이 흑역사 때문에 필자는 레시 가드Rash Guard라는 것이 나오기 전까지 수영장에 가본 적이 없다. 1980~90년대에는 워터 파크Water Park라는 개념도 없어서 옷 입고 수영장 물속에서 놀 수도 없었다. 목욕탕은 사람이 없는 새벽 시간에 갔다. 학교에서 체육시간에 옷 갈아입는 것도 애들 눈치를 봤다. 친구들과 목욕탕 가는 것도 꺼렸다. 몸에 있는 흑역사로 불편한 것들이 많았다. 하지만 한 번도 부모님을 원망한 적은 없다. 내 몸에 보기 흉한 흔적이 있다고 사람들을 피하고 자학하지 않았다. 조금 불편할 뿐이었다. 난 내 몸을 받아들이고 잘 살았다.

지금의 나는 내 몸의 흔적을 부끄러워하지 않는다. 결혼했고 아이들도 낳았다. 집에서는 더울 때 웃통을 벗고 있기도 한다. 피트니스 센터에서 운동을 하고 남들이 보던 안 보던 샤워도 한다. 레시 가드를 입고 가족과 워터 파크에서 신나게 논다. 내 몸의 흑역사는 예전에 불편했던 모습일 뿐이다. 지금 나는 낳아주신 부모님께 감사하고, 죽지 않고 기적으로 살아난 것에 감사한다. 그리고 많은 청춘에게 작가와 동기부여 강연가로 내 흑역사를 알려주고 힘을 주게 되어 감사한다.

필자보다 더 강한 흑역사가 있는 친구가 있다. 물론 내 친구는 아니다. 그녀의 이름은 이지선이다. 한 때 남희석과 친분을 맺고 있다고 알려져서 더 유명해진 친구다. 이지선은 2000년 오빠 차를 타고 집으로 가던 중 교통사고가 났다. 이 사고는 6중 추돌의 대형 사고였다. 사고를 일으킨 운전자는 만취 상태였다. 그녀는 차에 불이 나면서 전신에 3도 화상을 입었다. 3도는 피부 모든 층이 손상되는 정도인데, 전신에 화상을 입었기 때문에 상태가 심각했다. 의사들은 상태가 너무 심각해서 치료를 포기했다. 얼굴이 망가져 모든 피부조직이 제 기능을 할 수 없었다. 손가락 10개 중 8개는 잘라야 했다. 하지만 그녀는 죽지 않고 기적적으로 살아났다. 그녀는 7개월간 입원했다. 7개월의 시간은 지옥 그 자체였다. 몸의 고통도 심했지만 왜 죽지 않고 살았는지, 왜 자신에게 이런 일이 일어났는지에 대한 마음의 고통은 더 심했다.

이제 그만 죽고 싶다고 생각할 때 그녀에게 큰 변화가 일어났다. 그녀는 이런 고백을 하기 시작했다. "죽지 않고 살아난 것이 선물이다. 난 두 번째 인생을 사는 것이다. 살게 되어서 감사하다." 이렇게 고백을 하자 피부에서 새살이 나오기 시작했다. 기적을 경험한 것이다. 이지선은 두 번째 인생을 살기 위해 30번이 넘는 고통스런 이식 수술과 재활치료를 받았다. 얼마나 고통스러웠겠는가? 시간이 흐르면서 그녀는 새로운 자신을 발견하고 몸의 고통을 이겨냈다. 혼자 힘으로 다닐 수 있을 정도로 건강을 회복했고 자신의 이야기를 담은 책《지선아 사랑해》를 출간했다. 이후 이지선은 미국으로 건너가 보스턴 대학교와 컬럼비아 대학교에서 사회복지학과 재활치료학을 전공했다. 2016년 6월 그녀는 미국 UCLA에서 사회복지학 박사 학위를 취득했다. 현재 그녀는 한동대학교 상담심리사회복지학부 교수로 일하고 있다.

인터넷에서 '지선아 사랑해'를 검색해보고 그녀의 얼굴을 보기 바란다. 그녀의 흑역사를 보기 바란다. 이지선은 자신의 흑역사를 통해 선물을 받았다. 그것은 제2의 삶, 복 받은 삶, 감사한 삶이다. 그녀의 흑역사에 비해 나의 흑역사, 우리의 흑역사는 아주 작다. 그녀의 고통에 비해 우리의 고통 역시 아주 작다. 그녀가 흑역사의 아픔을 이겼다면 당신도, 나도 이길 수 있다.

미첼W Mitchell은 현재 미국에서 동기부여 강연가, 작가, 사업가로 세계를 돌아다니며 왕성하게 활동하고 있다. 그는 자신의 흑역사를 이렇게 말한다.

"하반신이 마비되기 전에 내가 할 수 있었던 일은 10,000가지였다. 그러나 이제는 내가 할 수 있는 일이 9,000가지가 있다. 나는 내가 잃어버린 1,000가지 일 때문에 후회하며 살 수 있다. 아니면 아직도 내게 가능한 9,000가지 일을 하면서 살 수도 있다. 선택은 내게 달려 있다. 나는 사람들에게 내 인생에서 큰 바윗돌을 두 번 만났다고 말한다. 이걸 핑계로 모든 걸 포기할 수도 있지만 오히려 그 경험을 바탕으로 새로운 지평으로 나아갈 수도 있다. 당신은 높은 곳에 올라가 더 멀리 바라보면서 '결국 지나보니 별것 아니군.'하고 말할 수 있다."

당신의 몸에 숨기고 싶은 흑역사가 있는가? 고통스러운 일을 당한 적이 있는가? 자신의 흑역사를 많은 사람에게 꼭 알려야 할 필요는 없지만 그렇다고 굳이 숨길 이유도 없다. 흑역사는 과거다. 지금의 내가 있게 만든 과거다. 미첼, 이지선과 나처럼 흑역사를 극복하고 세상으로 나가기 바란다. 고통스럽지만 이미 몸에 아픔을 당해보지 않았는가? 세상으로 나가는 고통은 그보다 작다. 당신은 할 수 있다.

흑역사를 배우라고?

° 실패를 가르치는 학교

"당신은 실패로부터 무엇을 배웠습니까?" 이 질문은 세계에서 가장 들어가기 힘들다는 하버드 대학교 경영대학원하버드 비즈니스 스쿨의 과제 에세이 질문이다. 하버드는 2012년까지 수년에 걸쳐 수험생에게 자신의 실패 경험을 적어서 제출하도록 했고, 실패 경험을 중요한 합격 기준으로 삼았다. 세계적인 리더를 양성하는 기관인 하버드 비즈니스 스쿨은 왜 수험생의 성공 경험뿐만 아니라 실패 경험을 알고 싶어 할까?

하버드 비즈니스 스쿨의 목표는 '세계에 변화를 가져올 리더를 교육하는 것'이다. 즉 하버드 비즈니스 스쿨의 졸업생은 단순히 리더가되는 것이 아니라 세계에 변화를 가져와야 한다는 말이다. 하버드 비즈니스 스쿨은 전 미국 대통령 조지 W. 부시, 전 뉴욕 시장 마이클 블룸버그, 제너럴 일렉트릭의 CEO 제프리 이멜트, 라쿠텐의 사장 미키타니 히로시, 로손의 사장 니나미 다케시, 이엔에이 창업자 난바 도모코 같은 정재계의 지도자를 다수 배출했다. 이들은 모두 세계에 변화를 가져온 리더다.

세계에 변화를 가져오려면 도전을 해야 한다. 그 도전에는 반드시 실패가 따르기 마련이다. 하버드 비즈니스 스쿨이 요구하는 인재는 이런 실패로부터 배울 수 있는 사람, 실패해도 다시 일어서서 도전할 수 있는 사람이다. 아무리 머리가 좋아도, 아무리 자신의 직업에서 성공했더라도 실패를 경험하지 않은 수험생은 필요 없으며, 실패를 이야기하지 못하는 사람도 필요 없다는 것이 하버드 비즈니스 스쿨의 규칙이다.

세계에서 가장 들어가기 힘든 경영대학원으로 꼽히는 하버드 비즈니스 스쿨은 왜 '실패'에 초점을 맞춰서 학생들을 교육하는 것일까? 첫 번째 이유는 하버드 비즈니스 스쿨의 학생들이 입학하기 전에 '실패한 적이 없다'는 점이다. 이들은 선천적으로 머리가 좋아서 대학 시절의 성적이 우수하다. 대학원에 들어오기 위한 시험에서도 어렵지 않게 좋은 성적을 받은 사람이 대부분이다. 하버드 비즈니스 스쿨에 입학하는 학생의 평균 연령은 26~27세다. 사회 경험은 몇 년밖에 안 된다. 대기업에서 상사가 시킨 일을 완벽하게 처리해 스타 사원이 된 사람이 많으며, 큰 좌절을 경험한 사람은 얼마 되지 않는다. 그래서 하버드 비즈니스 스쿨은 수험생에게 실패 경험을 물어 실패로부터 배울 수 있는 사람인지 확인한 다음 입학시킨다. 입학한 뒤에도 수많은 실패를 간접 경험시킨다.

두 번째 이유로 들 수 있는 것은 '겸손함'을 리더십의 중요한 요소로 생각한다는 점이다. 대학과 기업에서 우수한 성적을 기록해 주위에서 떠받들어주면 오만해지는 것이 인간의 심리다. 이런 태도를 보이다 사회적으로 실패한 하버드 비즈니스 스쿨의 졸업생은 나열할 수 없을 만큼 많다.

세 번째 이유는 실패에서 많은 것을 효율적으로 배울 수 있다는 점이다. 사실 타인의 성공 경험을 듣고 배울 수 있는 것은 적다. 성공한 사람의 성공 원인을 분석해도 자신에게는 그 사람이 구름 위에서 사는 이야기 같고, 따라하려고 해도 따라할 수가 없다. 그러나 실패는 다르다. "이 사람도 나와 똑같은 인간이구나."라는 생각에 공감이 된다. 그리고 하나의 실패에서 많은 것을 배울 수 있다.

어빙 그로스벡 교수는 실패의 유형을 두 가지로 나누었다. 첫 번째 유형은 재기할 수 있는 실패고, 두 번째 유형은 재기하기 힘든 실패다. 재기할 수 있는 실패는 최대한으로 노력한 결과로서 실패했거나, 투자자나 주위 사람들에게 성심성의를 다한 결과로서의 실패다. 재기하기 힘든 실패의 원인은 창업자가 게으름을 피웠거나 투자자가 납득할 수 있는 실적 설명을 하지 않는 경우다.

어빙 그로스벡 교수는 실패에서 다시 일어서는 방법이 두 가지가 있다고 말한다. 첫 번째는 투자자에 대한 설명 책임을 성실히 하는 것이다. 가족이나 가까운 사람에게도 솔직히 사정을 설명한다. 두 번째는 설령 생계를 위해 창업을 일단 포기하고 일반 기업에 취직하게 되더

라도 하고 있는 일에서 성과를 거둬 대외적인 신뢰를 되찾는 것이다.[5]

° 실패를 연구하라

하버드 비즈니스 스쿨에 들어간 학생들은 공부 기간 동안 수많은 실패를 배우고 모의 회사도 차려서 실패에 대한 연구와 연기도 한다. 연기지만 자신이 실패한 상황에 처해보는 것이다. 비록 연기지만 교수와 학생들은 실패한 학생을 처참하게 박살내고 만다. 왜냐하면 진짜 실패가 아니라 가짜기 때문이다. 사회생활, 기업 활동은 실제고 전쟁이기 때문에 그와 비슷한 상황까지 배우도록 하는 것이다.

하버드 비즈니스 스쿨에서 실패를 배운 학생들은 사회로 들어가서 수많은 도전을 한다. 도전을 하면서 반드시 실패를 하지만 다른 사람들과 다르게 실패의 횟수도 적고, 실패했더라도 더 빨리 일어서서 방향을 잡고 다시 도전한다. 이런 힘은 실패해보지 않은 사람은 절대 하지 못한다. 실패는 재정 손실뿐만 아니라 육체적 손실까지 주기 때문에 정신이 흔들린다. 정신을 바로잡지 않으면 다음 도전은 할 수 없다. 아니 하지 못한다. 두려움에 잡혀서 절대 하지 못한다. 실패해본 사람만이 실패를 받아들이고 다시 일어설 수 있다. 그런 사람이 세상을 변화시킬 수 있는 것이다. 하버드 비즈니스 스쿨의 목표와 목적은 너무나 확고하다. 세계적인 리더를 만들어서 많은 사람이 영향을 받을 수 있도록 세상을 변화시키는 것이다.

다른 사람의 흑역사를 찾아서 연구해보자. 그 사람이 어떻게 흑역사로 힘을 얻어 새 역사를 썼는지 비밀을 찾아보자. 내 흑역사도 연구해보자. 내가 살아온 세월 동안 수많은 흑역사를 머리에 기록했을 것이다. 그 흑역사를 종이에 하나씩 나열해보고, 왜 빛나는 역사가 되지 않고 흑역사가 됐는지 연구해보자. 흑역사를 꺼내서 다시 보고 연구하면 놀라운 발전을 하게 된다. 앞에서 얘기했듯이 흑역사는 과거고 과정이다. 흑역사는 우리를 어둠으로 끌고 들어갈 수 없는 존재다. 흑역사를 당당하게 드러내고 연구하면 힘을 얻게 된다. 흑역사에서 배워라. 놀라운 인생 혁명이 일어난다.

"모든 실패는 실패 없이는 배울 수 없는 것들을 알려주는 가면 속의 축복이다.
소위 실패는 대부분 일시적 패배에 불과하다."

나폴레온 힐

2장
==

흑역사가 필요해

실패는 과정이다

° 해서는 안 될 흑역사

성경을 알던 모르던 전 세계 모든 사람이 알고 있는 인물이 있다. 바로 거인 골리앗과 싸워서 이긴 다윗이다. 성경에서 다윗은 이스라엘에서 가장 뛰어난 용사고 왕이다. 그의 나라는 매우 견고하고 단 한 번도 전쟁에서 지거나 침략을 받은 적이 없다. 전쟁을 통해 땅을 넓히고 견고한 나라를 아들 솔로몬에게 잘 물려주었다. 하지만 이런 그에게도 딱 한 가지 인생 최대의 흑역사가 존재한다. 그의 흑역사는 간음과 살인이다.

사람들은 다윗이 골리앗을 이기고 좋은 왕이 되었다는 사실만 알지 그가 저지른 흑역사에 대해서는 잘 알지 못한다. 성경을 읽어본 사람만이 그의 인생 최대의 흑역사를 안다. 이제 그의 흑역사에 대해 알아보자.

다윗은 죽음의 고비를 몇 번 넘기고 마침내 이스라엘의 왕이 됐다. 왕이 되고 나서도 여러 전쟁에 참가하여 많은 승리를 이루었다. 그러던 어느 날 또 전쟁이 발생했지만 다윗은 부하들만 보내고 자신은 다윗성에 남아 있었다. 저녁때가 되서 옥상을 거닐던 다윗은 한 여인이 집에서 목욕하는 모습을 보게 됐다. 다윗은 갑자기 그녀가 아름다워 보였다그녀의 이름은 '밧세바'다. 다윗은 이미 아내가 있었지만 신하를 시켜 그녀를 왕궁으로 데려오게 하고 그녀와 동침했다.

몇 달이 지나고 밧세바가 다윗에게 찾아와서 이렇게 말했다. "제가 왕의 아이를 임신했습니다." 이 말을 들은 다윗은 당황했다. 사실 밧세바는 남편이 있는 유부녀였고 그녀와의 동침을 비밀로 했기 때문이다. 다윗은 고민하기 시작했다. 이 사실이 알려지면 왕으로써 비난받을 것이 분명했기 때문이다. 다윗은 어둠의 결정을 내리기로 했다. 밧세바의 남편은 군인이었기 때문에 전쟁에 나가 있었다그의 이름은 '우리아'다. 다윗은 이스라엘 군대 사령관에게 우리아를 전쟁에서 죽도록 조치를 취하라고 명령했다. 결국 우리아는 전쟁 중 적군의 손에 죽었다.

다윗은 우리아가 죽은 후 밧세바를 왕궁으로 데리고 와서 아내로 삼았다. 시간이 지나고 밧세바가 임신한 아이는 태어났고, 잘 자라는 듯 보였다. 하지만 다윗의 범죄는 비밀이 될 수 없었다. 그의 범죄는 하나님이 보고 계셨고, 직접 벌을 내리셨다. 그 벌로 다윗은 밧세바가 낳은 아들을 잃었다. 또 몇 년 뒤에는 셋째 아들 압살롬에게 쫓겨나 왕권을 잃어버렸다가 다시 찾았다. 그 과정에서 아들 압살롬을 또 잃었다.

다윗은 간음과 살인죄가 밝혀진 뒤에 바로 자신의 죄를 시인했고 회개했다. 밧세바의 아들이 죽었을 때는 모든 것이 그분의 뜻이라고 받아들였으며, 압살롬에게 왕권을 빼앗겨 쫓겨났을 때는 모든 책임이 자신에게 있다고 했다. 압살롬이 죽었을 때는 심히 통곡하며 울었고, 왕궁으로 돌아와서는 다시 이스라엘을 통치했다.

다윗은 우리가 저지르기 쉽지 않은 간음과 살인의 흑역사를 가지고 있었지만 과거에 묶이지 않았다. 그는 지난 과거에 대해 반성하고 뉘우쳤다. 그리고 앞으로 해야 할 일을 묵묵히 진행했다. 결국 그의 왕권은 이스라엘 역사상 가장 화려하며, 가장 큰 영토로 확장하고, 부자가 됐다. 다윗의 노력은 아들 솔로몬이 왕이 되어서 화려하게 유지할 수 있도록 해주었다.

다윗의 실패는 다윗이 이스라엘 왕국을 견고하게 세우는데 큰 역할을 했다. 아들 솔로몬 시대에는 주위의 모든 나라가 이스라엘 왕국의 부요함과 솔로몬의 지혜에 탄성을 지를 정도였다. 지금 이 시대에 간음과 살인을 저지른다면 많은 사람에게 고통을 주는 일이다. 지금 우리에게 이런 일이 일어나서는 안 되겠지만 다윗은 이 과정을 통해 빛나는 이스라엘 역사를 만들어냈다.

° 흑역사는 길다

당신은 전구를 만든 사람이 누구인지는 알아도 복사기를 만든 사람이 누구인지는 잘 모를 것이다. 우리가 현재 쓰고 있는 전자식 복사기를 발명한 것은 체스터 칼슨Chester Carlson이다. 체스터 칼슨은 1906년 미국 시애틀에서 가난한 이발사의 아들로 태어났다. 그의 아버지는 체스터 칼슨이 어릴 적에 결핵과 관절염을 앓아 경제활동을 제대로 할 수 없었다. 체스터 칼슨은 8살 때부터 일을 하며 어렵게 학업을 이어나갔다. 1923년 어머니가 결핵으로 세상을 떠난 후 가장이 된 체스터 칼슨은 아버지를 돌봐야만 했다. 1933년 결국 그의 아버지도 세상을 떠났다.

체스터 칼슨이 발명가의 꿈을 갖게 된 것은 어린 시절에 읽은《에디슨 전기》의 영향이 컸다. 그는 이 책을 통해 '발명이야말로 경제적인 지위를 향상시킬 수 있는 유효한 수단'이라고 느끼게 됐다. 그는 가난에서 벗어나기 위해 발명가의 꿈을 키워 나갔다. 체스터 칼슨은 고등학교에 다니면서 인쇄소에서 일했다. 그는 인쇄소에서 복사 방식에 관심을 갖게 됐다.

체스터 칼슨은 캘리포니아 공과대학에서 물리학을 전공한 뒤 1930년 졸업과 동시에 뉴욕으로 이사했다. 그는 여러 회사를 다니다가 배터리와 전자제품 회사인 말로리P.R.Mallory 사에 입사해 특허부에서 일하게 됐다. 그는 회사 업무 때문에 도면과 사양서물건의 내용이나 이유, 사용법을 설명한 문서를 복사해서 사용해야 했다. 당시에는 카본지'먹지'라고도 함가 복사에 주로 사용됐다. 카본지는 손과 문서에 검댕이가 많이 묻고 복사 시간도 오래 걸렸다. 그림이나 사진이 부착된 도면은 복사도 잘 되지 않았다. 기존 복사 방식에 불편을 느낀 체스터 칼슨은 새로운 복사 방식을 연구하기 시작했다. 그는 인쇄, 사진과 관련된 많은 문서를 연구했다. 자신의 아파트에 각종 화학약품과 실험 기자재를 설치해 새로운 복사 기술을 연구했다.

물리학을 전공하여 관련 지식이 풍부했던 체스터 칼슨은 우연히 실험에 광전도Photoconduction를 활용해 보았다. 광전도체를 활용해 이미지 패턴을 만든 후 그 위에 분말을 부착시켜 종이에 옮기는 방식이었다. 이때까지 체스터 칼슨이 진행했던 연구 성과는 초보적인 단계에 불과했는데, 독일 출신의 물리학자 오토 코르네이Otto Kornei를 만나 연구를 진행한 끝에 건식 복사 원리를 개발해냈다. 1938년 10월 22일 드디어 체스터 칼슨은 세계 최초로 정전식 복사기 실험에 성공했다. 그는 1942년 10월 전자사진술Electro-Photography을 활용한 복사기로 특허를 획득했다.

체스터 칼슨이 복사 방식에서 새로운 전자사진술의 원리를 발명했지만 상품화까지는 오랜 세월이 걸렸다. 그는 IBM과 RCA Corporation 같은 미국의 2백여 개 회사에 전자사진술 특허소개서를 보내 상품화를 위한 합작을 제의했다. 하지만 대다수 기업들은 부정적이거나 별다른 관심을 보이지 않았다. 당시 일반 회사에서는 복사가 필요하면 타자 속도가 빠른 비서들이 필사를 하거나 저렴한 등사기를 활용했다. 체스터 칼슨의 새로운 아이디어는 기존 방식보다 효율적이었지만 상대적으로 비싼 기계 값 때문에 투자하겠다는 기업은 나타나지 않았다.

체스터 칼슨은 복사기를 제조하지는 못했지만 이후 6여 년간 특허 3종을 추가로 획득했다. 자신이 발명한 전자사진술 복사기를 보완해 나갔다. 1944년 그가 복사기 제작을 거의 포기하고 있을 때, 인터페론 Interferon으로 유명한 바텔연구소Battelle Memorial Institute의 엔지니어 러셀 데이튼Rusell Dayton이 방문했다. 러셀 데이튼은 아직 상용화 단계는 아니었지만 체스터 칼슨의 연구 성과를 높게 평가했다. 이 만남으로 체스터 칼슨은 바텔연구소가 전자사진술 특허권의 55%를 갖는다는 조건으로 특허 계약 제휴를 맺었다.

복사기 제품화를 위해서는 대규모 투자가 필요했다. 1944년 할로이드 포토그래픽 컴퍼니제록스의 이전 이름이다의 CEO 조 윌슨Joe Wilson과 수석엔지니어 존 데소John Dessaur가 뉴욕에서 체스터 칼슨이 있는 오하이오로 찾아 왔다. 조 윌슨은 체스터 칼슨의 전자사진술 복사기의 가능성을 높게 샀다. 1946년 인화지와 복사기 장비 제조사인 할로이드 포토그래픽 컴퍼니는 체스터 칼슨이 발명한 전자사진술을 활용한 복사기를 만드는 연구에 합의했다. 1950년 마침내 전자식 복사기의 시초인 '제록스 모델AXerox Model A'가 출시됐다. [6]

체스터 칼슨은《에디슨 전기》를 읽고 난 후 약 20년 만에 전자식 복사기를 개발했다. 이 복사기도 사실은 완제품이 아니라 좋은 기술이 들어있는 기계에 불과했다. 이 기술을 발전시키기 위해 6년 동안 새로운 특허를 받았다. 그 동안 200여 개의 회사에 함께 복사기를 만들자고 제안했지만 거절당했다. 결국은 지금의 제록스를 만나 큰 성공을 이루게 됐다. 그의 꿈은 약 26년 동안 이루어지지 않았다. 실패의 시간이었다. 비록 기술을 개발해도 상용화가 되지 않는다면 그것은 실패다.

흑역사의 시간은 길다. 그리고 많다. 하지만 흑역사가 길고 많다는 것은 바닥을 치고 올라갈 수 있는 기회와 힘이 많은 것이다. 우리는 길고 긴 실패의 시간에서 몸과 마음이 지쳐서 다시 치고 올라갈 수 없다고 생각한다. 아니 그렇게 믿어버린다. 그 순간 우리의 비전은 하늘로 날아가서 다시는 날아 가버린 그 비전을 잡을 수가 없다. 실패의 흑역사가 길수록 치고 올라가는 속도는 빠르다. 실패의 흑역사가 많을수록 치고 올라가는 기회도 많다. 실패의 흑역사는 과정이다. 그 과정을 지나온 사람이 빛나는 역사를 새롭게 쓴다. 실패를 두려워하지 말자. 실패는 실험이고 과정이다. 과정 없이 결과는 없다.

개고생이 진짜 성공

° 빛나는 성공

혼다HONDA는 일본에 본사를 둔 세계적인 다국적기업이다. 현재 도요타, 닛산자동차와 함께 일본 3대 자동차회사 가운데 하나고, 세계 10위권 안에 포함되는 자동차회사다. 세계 최대 모터사이클 회사고 내연엔진 제조업체다. 주로 자동차, 모터사이클, 동력 엔진을 생산한다. 그 외에도 항공기, 스쿠터, 발전기, 잔디 깎는 기계, 펌프, 선외기소형 보트의 뒤에 붙여지는 탈착 가능한 기관를 만든다. 전 세계 30여 개국에 70여 개 생산거점과 40개 이상의 개발거점을 두고 있고, 도쿄와 뉴욕 증권거래소에 상장한 기업이다. 본사는 도쿄 미나토구에 있고 전 세계 직원 수는 약 19만 350명이다.

혼다는 1948년 혼다 소이치로가 설립한 혼다기켄공업주식회사로 시작됐다. 그는 보조엔진이 장착된 이륜차로 사업을 시작했다. 1949년 전문경영인으로 후지사와 다케오를 영입했다. 1950년 도쿄와 쿄우하시에 영업소를 개설했다. 1952년 출시한 자전거용 보조엔진 커브F형이 세계적으로 큰 성공을 거두었다. 1957년 도쿄 증권거래소에 주식을 상장했으며, 2년 뒤 미국 로스앤젤레스에 아메리칸 혼다 모터American Honda Motor Inc를 세웠다.

혼다는 1959년부터 세계 최대의 모터사이클 제조업체가 됐다. 1960년 연구개발 부문을 분리하여 주식회사 기켄연구소를 설립했다. 1963년 혼다 최초의 스포츠카 S500과 경트럭 T360을 출시했다. 같은 해 벨기에에 모터사이클 제조공장을 설립하여 일본 자동차회사로는 최초로 유럽 현지공장에서 제품을 생산하기 시작했다. 1972년 소형차 시빅Civic을 선보였으며, 저공해 엔진인 CVCC를 개발하는데 성공했다. 1980년 매출 1조 엔을 달성했다. 1981년 세계 최초로 자동차용 내비게이션 시스템을 완성했고, 1982년 미국 현지공장에서 자동차를 생산하기 시작했다.

1986년 항공기 엔진을 연구하고 시범비행기를 제조하기 시작했다. 같은 해 일본 자동차회사 가운데 최초로 고급차 브랜드 어큐라Acura를 출시했다. 1980년대 중반부터 인공지능 연구부문에도 투자하여 2000년 아시모 로봇을 내놓았다. 아시모 로봇은 인간처럼 걷고 물체를 인식하는 최초의 인공지능 로봇이다. 2003년 자체 개발한 HF-118 엔진이 장착된 소형항공기 혼다제트HondaJet의 비행 실험에 성공했다. 2004년 제트엔진을 개발하기 위해 GE와 제휴해 합작법인을 설립했다.

2006년 8월에는 항공기사업 부문 자회사 혼다 에어 크래프트 컴퍼니 Honda Aircraft Company를 미국에 설립했다. 2006년 혼다제트를 발표한 데 이어 2012년 혼다제트를 생산하기 시작했다. 2012년 하이브리드 차량 백만 대 판매 기록을 세웠다. 2013년 혼다와 어큐라 차종 10만 8,700여 대를 미국으로 수출했고, 그해 매출의 약 5.7%에 해당하는 68억 달러 를 연구개발 부문에 투자했다.

2014년 하이브리드 소형차 피트Fit의 품질 문제가 제기됐다. 다카 타 에어백을 사용한 혼다 차량에서 결함 사고가 발생하면서 위기에 부 딪혔다. 그해 매출 1,190억 달러, 순이익 57억 5천만 달러를 기록했다. 2014년 미국 경제전문지 '포춘Fortune'이 매출액 기준으로 선정한 세계 500대 기업 순위에서 45위를 차지했고, 세계 5위 자동차회사로 이름을 올렸다.

현재 사업부는 크게 어큐라, 혼다자동차, 혼다모터사이클로 나뉘어 있다. 자동차, 항공, 항공기엔진, 스포츠카 부문의 여러 자회사가 있다. 영국, 캐나다, 대만, 파키스탄 같은 해외 곳곳에 지사를 두고 있다. 혼 다자동차의 주요 모델로 중형세단 어코드Accord, 소형차 시빅, 스포츠 카 S2000, NSX, 그리고 RV 차량 CR-V가 있다. 모터사이클의 주요 모델 로 골드 윙Gold Wing, CBR600RR이 있다.[7]

우리는 일본차에 대해 정말 잘 모른다. 일본 기업도 아는 곳이 별로 없다. 애플, 마이크로소프트, 메르세데스 벤츠, BMW 같은 미국과 유 럽의 기업들은 알아도 일본 기업은 모르는 것이 일반적이다. 사실 필자도 혼다에 대해서 거의 아는 것이 없었다. 우리나라 사람의 마음에는 일본 제품에 대한 선입견이 있다. 특히 자동차는 일본과 경쟁 상대기 때문에 잘 타지도 않는다. 일본차를 타겠다고 생각하는 사람이 그리 많지도 않다. 필자가 이 책을 준비하면서 혼다에 대해 처음 알게 됐고 놀라운 기업이라고 생각됐다.

당신은 혼다의 이력을 보고 어떤 생각이 드는가? 세계 최대 모터사이클 제조 회사, 2016년 시장 점유율 7위, 항공엔진과 항공기도 제작하는 다국적 기업이 혼다다. 필자도 혼다가 이렇게 큰 회사인지 잘 몰랐다. 그냥 일본의 유명한 자동차 회사로만 생각했는데, 고작 일본 안에서 유명한 회사가 아니라 세계적인 회사였다. 이런 회사지만 역시 흑역사는 존재했다. 혼다는 보통 흑역사가 아니라 개고생 흑역사를 통해 세계적인 다국적 기업이 됐다.

° 개고생 흑역사

1938년 아직 학생이었던 혼다는 집안의 재산을 모두 처분하여 이상적이라고 생각했던 피스톤 링을 만드는데 온 힘을 기울였다. 그는 밤낮을 가리지 않았고 기름때에 절어 살아야 했다. 피곤하면 공장에서 잠을 잤다. 제품을 하루속히 만들어 도요타자동차에 판매할 날만을 학수고대했다. 그 일을 계속하기 위해 그는 아내의 예물도 팔아야 했다. 마침내 제품이 완성되어 도요타에 보냈다. 하지만 제품은 품질 불합격으로 반품됐다.

혼다는 더 많은 지식을 쌓기 위해 다시 학교로 돌아가 2년 동안 열심히 공부했다. 그는 공부하는 동안 자신이 설계한 디자인을 교수나 친구들에게 보여주었지만 그에게 돌아온 건 실용적이지 못하다는 비웃음뿐이었다. 혼다는 모든 고통을 무시했고 계속 이를 악물고 목표를 향해 나아갔다. 2년 뒤, 혼다는 마침내 도요타자동차와 납품계약을 체결하여 그의 오랜 소망을 이루었다. 하지만 그 뒤로도 모든 것이 순조롭지는 않았다.

혼다는 새로운 문제에 직면했다. 당시는 제2차 세계대전이 한창이었기 때문에 모든 물자가 부족했다. 혼다는 공장을 건설하려고 했지만 정부는 전쟁 물자로 사용하기 위해 시장에 시멘트를 팔지 못하게 했다. 그는 손을 놓고 포기하지 않았다. 반대로 다른 방법을 찾아보기로 결정했다. 혼다는 동료와 함께 새로운 시멘트 제조 방법을 연구하여 자신들의 공장을 세웠다. 공장은 전쟁 기간에 미국 공군의 두 차례 공습을 받았고 대부분의 제조 설비는 못쓰게 됐다. 하지만 혼다는 미군의 공습에도 멈추지 않았다. 그는 바로 일꾼을 불러 모았다. 그는 일꾼들에게 미국 비행기가 버린 휘발유 통을 수거하도록 시켰다. 그것은 혼다의 공장을 세우는 좋은 원자재가 됐다.

일본은 지진이 자주 발생하는 곳이다. 어느 날, 지진이 그의 공장을 찾아왔다. 지진은 공장을 폐허로 만들고 유유히 사라졌다. 그때 혼다는 어쩔 수 없이 피스톤링의 제조 기술을 도요타에 팔아야 했다.

제2차 세계대전이 끝나고 일본은 심각한 휘발유 부족 사태를 겪게 됐다. 혼다는 자동차를 몰고 나갈 수 없었기 때문에 필요한 식료품을 사올 방법이 없었다. 그는 몹시 의기소침했다. 할 수 없이 모터를 자전거에 설치해보기로 했다. 그는 그 일이 성공하면 이웃들도 자신의 자전거에 모터를 달아달라고 할 것이라 생각했다. 그의 예상은 빗나가지 않았다. 이웃들에게 자전거 모터를 한 대씩 설치해주다 보니 갖고 있던 모터가 바닥이 났다. 그는 아예 모터사이클 공장을 차려 자신이 발명한 바이크를 전문적으로 생산하는 것이 어떨지 생각했다.

혼다는 방법을 찾아보기로 결심했다. 그는 일본 전체의 18,000여 자전거 상점에 도움을 요청했다. 그는 모든 자전거 상점에 간절히 호소하는 편지를 보냈다. 그는 편지를 이용해 그들에게 자신이 발명한 제품이 어떻게 일본 경제를 살릴 수 있는지를 알렸다. 결국 자전거 상점 10곳이 그의 생각에 동의하고 필요한 자금을 모아주었다. 당시 그가 생산하는 모터사이클은 크고 무거웠기 때문에 소수 바이크 마니아에게만 팔 수 있었다. 시장을 확대하기 위해 혼다는 모터사이클을 작고 가볍게 개량했다. 개량된 제품은 출시되자마자 최고의 판매 기록을 달성했다. 일은 순조롭게 진행되어 그의 모터사이클은 유럽과 미주 지역으로까지 수출됐다. 1970년대 혼다 기업은 자동차를 생산하기 시작하여 좋은 평가를 받았다.[8] 그리고 지금의 혼다가 됐다.

혼다의 개고생 이야기를 보니까 어떤가? 정말 개고생 했다고 느껴지지 않는가? 그는 처음으로 기술을 개발했는데 받아들여지지 않았다. 학교에서도 무시당했다. 기술을 개발했지만 전쟁이 나서 공장도 못 지었다. 시멘트가 없어서 직접 개발한 시멘트로 공장을 지었지만 미군의 공습으로 공장도 없어졌다. 이 일로 직접 개발한 기술은 납품 회사에 팔아버렸다. 전쟁이 끝나고 차도 몰고 다니지 못했다. 아마 자전거를 타고 다닌 것 같다. 페달을 밟으면서 정말 힘들었을 것이다.

글로 쓴 혼다의 고생은 6줄이지만 6줄의 인생을 살기 위해서 혼다는 개고생을 했다. 혼다는 실패하고 무너지고 쓰러져도 다시 일어섰다. 그는 정말 대단한 사람이다. 그는 성공을 위해서 어떻게 해야 하는지 정확히 알고 있었다. 개고생을 하더라도 자신이 세운 목표를 이루기 위해 끊임없이 도전하고 앞으로 나아가야 한다는 진리를 알고 실천했다. 그의 비전이 무엇이었는지는 잘 모르겠다. 하지만 그가 비전을 보고 달려간 것은 의심할 필요가 없다. 그의 비전은 결국 세계적인 다국적 기업을 만들었고 혼다 그룹은 지금도 계속 발전 중이다.

당신은 과거에 개고생을 해본 적이 있는가? 지금 개고생을 하고 있지는 않은가? 필자는 최근에 개고생을 했다. 앞에서 언급했지만 사업이 기울어져서 어려운 처지를 겪었다. 우리의 개고생은 흑역사고, 개고생의 흑역사는 곧 빛나는 역사로 바뀔 것이다. 우리의 개고생은 혼다 소이치로가 겪은 개고생에 비하면 작다. 하지만 우리의 개고생 흑역사도 우리를 발전시키기에 너무나 적합한 과정이다. 개고생을 하고 있다고 서러워하거나 슬퍼하지 말자. 이 흑역사야 말로 우리를 성장시키고 절대 강자로 만들어줄 우리의 힘이다.

오래 전 광고 카피에 이런 것이 있다. "집 나가면 개고생이다." 맞다. 집 나가면 개고생이다. 하지만 그 개고생이 우리를 변화시킨다. 집을 나가자. 지금 갇혀있는 우리의 생각과 한계에서 나가자. 도전하자. 개고생을 두려워하지 말자. 우리의 개고생이 진정한 성공이 된다.

흑역사가 기회다

° 기회는 반드시 온다

1980대부터 1990년대까지 할리우드 액션 영화계를 주름 잡았던 두 사람이 있다. 한 명은 아놀드 슈워제네거고 다른 한 명은 실베스터 스탤론이다. 아놀드 슈워제네거는 이전 책에서 한 번 언급했기 때문에 생략하고, 이번에 살펴볼 배우는 실베스터 스탤론Sylvester Stallone이다.

실베스터 스탤론은 정신적으로 외롭고 불안정한 어린 시절을 보냈다. 그는 학교에 잘 적응하지 못해서 여러 학교를 다녀야만 했다. 어릴 때 아버지는 그를 끝없이 두들겨 패면서 머리가 나쁘고 쓸모없는 놈이니 몸이나 단련하라고 소리쳤다. 드렉셀 대학의 시험에서는 엘리베이터 수리공이 적격이라는 판정을 받았다. 성인이 되고 배우가 됐지만 실패의 연속이었다. 하지만 그는 계속 배워 나갔다.

어느 날 밤 스탤론은 무하마드 알리가 척 웨프너와 싸우는 경기를 시청하던 중 관중들의 함성과 패자의 멀어져가는 뒷모습을 보고 큰 영감을 받았다. 그는 불과 3일 반 만에 영화 '록키Rocky'의 대본을 썼다. 그리고 바로 제작자들을 찾아가 자신이 주연을 맡는 조건으로 대본을 팔겠다고 말했다. 처음에는 대부분의 제작자들이 그의 제안을 거절했다. 그 다음은 세상이 아는 대로다. '록키'는 실베스터 스탤론이 주연으로 제작됐고, 개봉 후 1억 달러 이상의 수입을 올렸다. '록키'의 성공으로 실베스터 스탤론은 할리우드 영화계에 스타가 됐고, 2천만 달러 이상의 계약금에 수익금의 일부를 배당받는 유명 배우가 됐다.[9]

요즘 청춘들은 아마 실베스터 스탤론을 잘 모를 것이다. 필자가 청춘인 20년 전에는 액션 영화하면 아놀드 슈워제네거와 실베스터 스탤론이었다. 물론 멜 깁슨과 브루스 윌리스 같은 배우들도 있었지만 근육질의 액션 스타는 아놀드 슈워제네거와 실베스터 스탤론이 최고였다. 지금은 청춘들이 그의 이름을 잘 모르지만 록키와 람보는 다 알 것이다. 전설적인 영화다.

실베스터 스탤론은 우울한 어린 시절, 폭력을 가하는 아버지, 대학입학 실패와 무명의 배우 생활을 겪었다. 많은 배우들이 무명을 겪은 것처럼 그도 배고픈 시절을 참아야 했다. 그러나 우주의 시간 안에는 누구에게나 기회가 찾아온다. 그 기회가 왔을 때 알아채고 잡아서 이루는 것은 내 능력이다. 실베스터 스탤론은 오랜 흑역사를 지나오면서 자신을 갈고 닦았다. 그리고 기회가 왔을 때 자신의 것으로 만들었다. 무하마드 알리의 권투 경기를 본 것, 글쓰기를 준비했던 것, 바쁘지 않은 무명의 배우였던 상황을 기회로 잡았다. 결국 3일 만에 시나리오를 쓰고 극적으로 영화에 주인공까지 됐다. 글을 써본 사람은 안다. 3일 만에 2시간 분량의 시나리오를 쓴다는 것은 어마무시하게 어려운 일이다. 필자는 영화 조감독 시절 몇 개의 시놉시스synopsis, 간단한 줄거리를 만들었던 경험이 있다. 그 시놉시스 몇 장도 쓰기가 어려웠다. 차라리 지금 이 책이 훨씬 쉽다. 시나리오는 대사와 지문뿐만 아니라 행동과 배경까지 모든 상황을 염두에 두고 작성해야 한다. 스탤론이 3일 만에 시나리오를 완성한 것은 기적이다. 그는 흑역사를 통과하며 자신의 기회를 정확하게 잡았다.

실베스터 스탤론은 잡지와의 인터뷰에서 이렇게 말했다. "만일 내가 초기에 배우로서 성공했다면 난 글을 쓰겠다는 생각을 하지 못했을 것이다. 난 차츰 배역보다 글쓰기에 더 흥미를 가졌다. 성공이란 항상 실패를 어떻게 다루는가에 달려 있다. 난 실패했지만 그것을 할리우드의 중심 무대에 뛰어드는 계기로 삼았다."

흑역사는 기회다. 자신을 갈고 닦으며 준비하는 시간이고 과정이다. 흑역사가 없다면 앞만 보고 달려가다 자신을 준비시키지도 못하고 벽을 만나게 될 것이다. 그 벽은 어떤 방법을 동원해도 절대 넘을 수 없다. 오직 준비된 사람만이 그 벽을 넘을 수 있다. 흑역사는 모든 사람에게 있다. 결국 모든 사람에게 기회가 있는 것이다.

°흑역사 뒤에 숨은 기회

1970년 3M의 연구원으로 재직 중이던 스펜서 실버Spencer Silver는 강력 접착제를 개발하던 중 실수로 접착력이 약하고 끈적임이 없는 접착제를 만들게 됐다. 그 당시 주변 사람들은 실버가 개발한 제품을 붙었다가 떨어지는 신기한 접착제로만 생각했다. 접착제의 본래 기능은 한번 붙으면 잘 떨어지지 않아야 한다. 실버가 개발한 접착제는 잘 붙기는 하지만 잘 떨어졌기 때문에 회사 동료들은 그의 개발이 실패라고 생각했다. 실버는 이 실패를 사내 기술 세미나에 보고했다.

사라질 뻔했던 실버의 접착제를 되살린 것은 같은 연구소 직원인 아서 프라이Arthur Fry였다. 교회의 성가대원으로 활동하던 아서 프라이는 노래할 곡에 서표읽던 곳이나 필요한 곳을 찾기 쉽도록 책갈피에 끼워 두는 종이쪽지나 끈를 끼워 놓곤 했는데 이것이 빠지는 바람에 당황했던 적이 많았다.

1974년 어느 날, 이것을 고민하던 프라이는 실버의 접착제를 생각했다. 그 접착제를 사용해서 붙였다 뗐다 할 수 있는 서표를 만들면 어떨까 하는 획기적인 아이디어였다. 실버의 접착제라면 종이에 쉽게 붙일 수 있고, 뗄 때도 책이 찢어지지 않을 것이란 생각이었다. 그날부터 프라이는 실버의 접착제로 서표를 만드는 연구를 했다. 얼마 후 마침내 붙였다가도 말끔하게 떼어 낼 수 있는 적당한 수준의 접착제가 발라진 종이 조각을 개발해냈다. 그러나 접착제를 바른 종이 면을 얇게 깎는 기술과 종이를 떼었을 때 책에 손상을 주지 않는 일정한 접착 강도를 찾아내기란 쉽지 않은 일이었다. 프라이는 포기하지 않고 연구에 몰두했다. 마침내 1977년에 서표는 물론이고 메모지로도 활용 가능한 '포스트 스틱 노트Post-stick note'를 출시했다. 이것이 바로 전 세계인이 사용하는 포스트잇Post-it이다.

포스트잇이 처음 문구 시장에 출시되었을 때만 해도 "이런 것을 어디에 쓰느냐?"는 의견이 많았다. 이 때문에 초기 시장 판매는 실패했다. 프라이는 좌절하지 않고 '포춘Fortune'이 선정한 500대 기업의 비서들에게 3M 회장의 비서 이름으로 견본품을 보냈다. 포스트잇을 사용해 본 비서들은 포스트잇의 놀라운 기능에 사로잡혔다. 서류에 간단히 붙여 표시하거나 그날 해야 할 일을 적어 책상머리에 붙여 두는 메모지로써 제격이었기 때문이다. 결국 포스트잇은 성공의 길로 들어섰다. 1980년 미국 전역에서 판매되기 시작했고, 1년 후에는 캐나다와 유럽을 시작으로 전 세계에 판매되기 시작됐다. 포스트잇은 AP통신이 선정한 '20세기 10대 히트상품'에 포함되는 영광을 안았다.[10]

3M은 미국에서도 혁신 기업으로 유명하다. 그 중에서도 실패한 경험을 책임지게 하거나 나무라지 않고 실패에 대한 자료를 남겨서 다른 연구원들이 알 수 있도록 한다. 3M 연구원들의 실패율은 60%에 이르지만 회사는 이것을 직원들이 끊임없이 도전하고 배울 수 있는 좋은 기회로 생각한다. 3M이 이 제도를 지금도 유지하는 이유는 간단하다. 실패를 다시 생각해보고 판단해서 계획을 새롭게 수정하는데 도움을 주기 때문이다.[11]

스펜서 실버는 이상한 접착제의 발견을 회사의 방침에 따라 자료로 남겼다. 이 연구를 알고 있었던 아서 프라이는 찬송가에 필요한 서표를 만들기 위해 실버의 이상한 접착제를 잠들어 있던 곳에서 꺼냈다. 과학자에게 실패는 실험이라고 했다. 성공하지 못한 실험. 이상한 결과가 나온 실험은 아서 프라이처럼 사소한 곳에서 아이디어를 생각해 낸 사람에게 기회를 준다.

스팬서 실버가 회사의 방침이었다 해도 실패를 부끄러워해서 자신이 발견한 접착제를 아무도 모르게 숨겼다면, 20세기 10대 히트 상품은 지금 필자의 책상 위에 존재하지 않았다. 지구인 중 책상에 포스트잇이 없는 사람은 없을 것이다. 대부분의 책상 위에 포스트잇 한 개 정도는 있다. 스팬서 실버가 만든 흑역사는 아서 프라이에 의해 빛나는 역사가 되어 세상으로 나왔다. 기회는 사소한 흑역사에서 사소한 아이디어로 탄생한다. 누가 찬송가에서 포스트잇이 탄생할거라 생각했겠는가? 흑역사 뒤에는 기회가 숨어있다. 이것은 원칙이다. 그 원칙을 아는 사람만이 기회를 잡고 성공한다. 기회를 잡고 싶다면 지금 당장 종이에 자신의 흑역사를 자세하게 나열해보자. 그 흑역사 뒤의 기회를 지금 바로 잡아라.

흑역사는 달인의 길

° 달인은 누구나 가능하다

한 분야에서 달인이 되려면 어떻게 해야 할까? 답은 간단하다. 그 분야에서 시간을 많이 축적하면 된다. 물론 전제는 그 일을 즐겁고 적극적으로 해야 한다. 몇 년 전 필자는 SBS '생활의 달인'에서 '라면 왕중왕'을 뽑는 것을 봤다. 그동안 방송됐던 라면 달인 몇 명을 모아 테스트를 하고 라면 장사의 최고수를 뽑는 날이었다. 왕중왕 테스트에 나온 사람들은 놀랍게도 라면 냄새만 맡아도 그 라면이 무엇인지 알았고, 눈을 가리고 입에 넣어도 바로 맞혔다. 더 놀라운 것은 라면을 뜨거운 물에 넣기 위해 봉지를 뜯는 소리만 들어도 그 라면이 무슨 라면인지 맞혔다. 라면 맛집은 라면 봉지를 입구에서 뜯는 것이 아니라 가운데를 반으로 접으면서 봉지를 열기 때문에, 라면이 반으로 접히면서 나는 소리와 봉지가 뜯어지는 소리를 듣고 이 라면이 무슨 라면인지 아는 것이다. 정말 놀랍지 않은가? 필자는 이 테스트를 보고 너무 놀랐다. 정말 왕중왕에 나올만한 초 절정 고수라는 생각이 들었다. 이들은 어떻게 이런 초 절정 달인이 됐을까? 비결은 시간이다.

1만 시간의 법칙이 있다. 1만 시간의 법칙이란 1993년 미국 콜로라도 대학교의 심리학자 앤더스 에릭슨K. Anders Ericsson이 발표한 논문에서 처음 등장한 개념이다. 그는 세계적인 바이올린 연주자와 아마추어 연주자 간 실력 차이는 대부분 연주 시간에서 비롯된 것이며, 우수한 집단은 연습 시간이 1만 시간 이상이었다고 주장했다. 이 이론이 맞을 수도 있고 틀릴 수도 있다. 왜냐하면 예체능의 경우 타고난 재능의 힘이 더 클 수도 있기 때문이다. 음악의 예로 1만 시간의 법칙을 주장했지만 이 법칙은 사실 음악보다는 우리 실생활에서 더욱 살아있다. 1만 시간의 법칙은 어떤 분야의 전문가가 되려면 최소한 1만 시간 정도의 훈련이 필요하다는 것이다.

당신이 산업디자인을 전공한 직장인이라고 가정해보자. 내일 첫 출근을 한다. 당신은 내일 출근해서 할 수 있는 일이 있을까? 슬프게도 없다. 당신은 회사 일을 한 번도 해본 적이 없기 때문에 책상 앞에 앉아 선배들이 일하는 모습을 지켜볼 것이다. 선배들이 일하는 모습을 보며 언제쯤 나도 저렇게 일을 잘 할 수 있을까 생각할 것이다. 선배들처럼 일하기 위해 당신에게 필요한 시간은 얼마나 될까? 1만 시간의 법칙을 적용해보면 답이 나온다. 매일 출근해서 8시간 정도의 일을 한다. 1만 시간을 채우려면 1,250일이 필요하고, 1,250일은 41개월이다. 약 3.47

년의 시간이 필요한 것이다. 보통 회사에 들어가서 3년이 되면 자신의 업무를 능숙하게 다룰 수 있다.

생활의 달인에 나오는 사람들은 보통 7~10년을 지속적으로 똑같은 일을 반복한 전문가다. 7년을 8시간으로 계산하면 20,160시간이다. 이 시간 동안 지속적으로 똑같은 일을 반복하면 초 절정 고수가 된다. 1만 시간의 법칙은 일이 능숙해지도록 만드는 아주 기본 시간이다. 적어도 2만 시간을 반복적으로 해야 그 일에서 달인이 될 수 있다. 난 이것을 '2만 시간의 법칙'이라고 말하겠다. 2만 시간의 법칙을 이용하면 무슨 일이든지 달인이 될 수 있을 것이다. 자신이 세운 비전을 이루기 위해서도 2만 시간의 법칙이 필요하다.

앞에서 언급했던 도시락 회사 김승호 대표, 그가 7번이나 망하는데 시간이 얼마나 걸렸을까? 40세 전까지 7번을 망했다고 하니까 아마 10년 이상 걸렸을 것이다. 회사원이 아니라 사업을 했으니까 10년 동안 매일 10시간은 일했을 것이다. 여기에 소비된 시간이 적어도 36,000시간이다. 이것은 2만 시간의 법칙을 훨씬 뛰어넘는 시간이다. 슬픈 현실은 모두 실패한 시간이라는 것이다. 하지만 김승호 대표는 그 시간을 실패의 시간으로 생각하지 않았다. 실패했던 사실을 꼼꼼히 체크하고 배웠다. 결국 36,000시간을 경험하고 사업의 전문가가 되고 회사도 성공했다.

김승호 대표는 자신의 흑역사를 통해 우리에게 성공 조언을 한다. 첫 번째, 실패의 경험을 자산으로 남겨라. 두 번째, 누적된 실패가 성공의 비결이다. 김승호 대표의 조언처럼 흑역사는 소중한 경험의 자산이다. 사람은 경험의 존재다. 경험이 있는 것과 없는 것의 차이는 확연히 드러난다. 경험의 자산이 많을수록 깊은 지혜와 통찰을 보여준다. 또한 누적된 흑역사는 당연히 성공의 비결이다. 흑역사가 있다는 것은 실패할 확률은 줄이고 성공의 확률은 높인다.

° 이보다 더 나쁠 수는 없다

여기 한 사람의 역사가 있다. 이 역사를 보고 그가 누구인지 맞혀보기 바란다.

1809년 켄터키 주에서 태어났다.

1816년 그의 가족이 집을 잃고 길거리로 쫓겨났다.

1816년 그는 혼자 힘으로 가족을 먹여 살려야만 했다.

1818년 어머니가 돌아가셨다.

1831년 사업에 실패했다.

1832년 주 의회에 진출하려 했으나 선거에서 떨어졌다.

1832년 직장을 잃고 법률 학교에 입학하려 했으나 실패했다.

1833년 친구에게 빌린 돈으로 사업을 시작했으나 연말에 완전히 파산했다. 이
　　　때 진 빚을 갚기 위해 17년 동안 일했다.

1834년 다시 주 의회 진출을 시도해 성공했다.

1834년 약혼녀가 갑자기 세상을 떠나 큰 상처를 받았다.

1836년 극도의 신경쇠약증에 걸려 병원에 6개월간 입원했다.

1837년 독학으로 변호사 자격증을 취득했다.

1838년 주 의회 대변인 선거에 출마했으나 실패했다.

1840년 정부통령대통령과 부통령을 아울러 이르는 말 선거 위원에 출마했으나 실패
했다.

1843년 미국 하원의원 선거에 출마했으나 실패했다.

1846년 하원의원 선거에 다시 출마해 당선됐다.

1848년 하원의원 재선거에 출마했으나 실패했다.

1849년 고향으로 돌아가 국유지 관리인이 되고자 했으나 받아들여지지 않았다.

1854년 미국 상원의원 선거에 출마했으나 실패했다.

1856년 소속 정당의 대의원 총회에서 부통령 후보 지명전에 출마했으나 백표
차로 떨어졌다.

1858년 상원의원에 다시 출마했으나 또 실패했다.

1861년 미국 대통령에 취임했다.

1864년 대통령에 재선됐다.

당신은 이 역사를 보고 누군지 이미 짐작했을 것이다. 이 사람은 미국 역사상 가장 존경 받는 인물로 16대 대통령 에이브러햄 링컨Abraham Lincoln이다. 링컨은 어릴 시절 정규 교육을 제대로 받은 적이 없다. 그런 링컨을 교육시킨 것은 어머니였다. 어머니는 링컨에게 성경을 읽어주고 쓰는 법을 가르쳤다. 그는 닥치는 대로 독서를 했다. 나중에 변호사도 독학으로 책만 읽어서 된 것이다.

링컨은 포기하지 않는 삶을 산 가장 대표적인 인물이다. 중단하지

않는 사람에 대해 알고 싶다면 굳이 다른 인물을 찾을 필요가 없다. 링컨은 가난한 집안에서 태어났고 평생에 걸쳐 실패와 마주쳐야 했다. 무려 8번이나 선거에서 패배했고 두 번이나 사업에 실패했다. 몸은 신경쇠약증으로 고통 받았다. 링컨은 수없이 중단할 수 있었다. 그러나 그는 중단하지 않았다. 중단하지 않았기 때문에 미국 역사상 가장 위대한 대통령이 될 수 있었다.

링컨은 대통령에 재선되고 1년 후에 암살당하기 전까지 그의 인생 57년 동안 너무 많은 흑역사를 경험했다. 그의 마지막 장면도 암살이라는 흑역사로 마무리했다. 링컨은 자신의 흑역사로 몸과 마음이 힘들었지만 멈추지 않았다. 그는 항상 이렇게 생각했다. "우리 모두에게는 앞으로 나아갈 의무가 있다. 우리 모두는 노력할 의무가 있으며, 나는 그 의무가 부르는 소리를 듣는다." 링컨이 실패를 이길 수 있었던 힘은 계속 전진해야 된다는 의무를 가슴 깊이 간직하고 있었기 때문이다. 링컨은 자신의 흑역사에 주저앉지 않았다. 결코 포기하지 않았고, 반대로 승리했다. 그의 승리로 미국은 노예제도해방을 이루었고 자유민주주의의 토대를 더욱 견고하게 했다. 링컨의 게티즈버그Gettysburg 연설은 지금도 전 세계인이 기억하고 있고 세상을 변화시키는 힘이 되고 있다.

링컨이 상원의원 선거에서 패배한 후에 고백한 말로 이번 주제를 마무리한다. 링컨의 인생은 이보다 더 나쁠 수 없는 흑역사를 썼지만 누구보다 더 뛰어난 흑역사의 달인이 됐다. 에이브러햄 링컨은 진정한 흑역사의 달인이다.

"내가 걷는 길은 험하고 미끄러웠다.
나는 자꾸만 미끄러져 길바닥 위에 넘어지곤 했다.
그러나 나는 곧 기운을 차리고 나에게 이렇게 말했다.
'길이 약간 미끄럽긴 해도 낭떠러지는 아니야.'" [12)]

흑역사는 성공의 원동력

° 성공에 목마르다

지금부터 시작되는 이야기는 필자의 흑역사다. 필자는 남들과 다르게 극단적으로 절제된 삶을 살았다. 소유를 많이 가지지도 않았고 냉장고도 작았다. 하지만 아내와 아이들을 굶기지는 않았다. 적당하게 무소유로 지냈다. 돈이 없었지만 불행하지는 않았다. 조금 불편했을 뿐이다.

그러던 어느 날, 지인이 좋은 투자처가 있다고 알려줬다. 이때쯤 나는 극단적으로 절제된 삶을 살고 있었는데 돈이 없는 것 때문에 조금씩 불편이 심해졌다. 그래서 없는 형편에 돈을 마련해서 투자를 했다. 그 회사는 이제 창업한 단계여서 처음 투자한 사람들에게 높은 수익금을 주는 곳이었다. 처음에는 아무 일도 하지 않는 줄 알았지만 밖에 나가서 영업을 하고 회사를 알려야 했다. 내키지는 않았지만 나름 열심히 했다. 그런데 그 회사는 처음 했던 말과 점점 달라졌다. 수익금을 주지도 못했고 투자자들에게 돈을 더 투자하도록 했다. 투자자들의 불신은 커졌고 여러 해결 방안을 내놓았지만 빚까지 얻어서 투자한 사람들이 버티기에는 힘든 상황이었다. 결국 회사는 투자자들과 분쟁이 생기고 지금까지 법적 소송 중이다. 난 첫 번째 투자에 실패한 이후 가슴은 쓰리지만 어쩔 수 없었다. 내가 한 투자인 만큼 책임은 나에게 있었다.

몇 달이 지난 후 또 좋은 투자를 소개받았다. 이미 투자를 해서 수익을 받고 있는 사람들이 꽤 많았다. 나는 돈이 없어서 지켜만 보고 있었는데 집을 옮기면서 약간의 돈이 생겼다. 돈이 생기자마자 바로 지인을 통해 투자를 했다. 그런데 투자하자마자 그 회사가 어려워져서 부도가 났다. 결국 투자금도 돌려받지 못하고 돈을 날렸다. 나중에 알게 됐지만 이게 전문 용어로 '하이 리스크 하이 리턴high risk high return'이었다. 우리말로 표현하면 '고위험 고수익'이다. 위험이 많을수록 수익이 높지만 반대로 위험이 있기 때문에 수익을 전혀 못 가져갈 수 있는 것이다. 필자는 두 번이나 하이 리스크 하이 리턴에 투자했다가 실패한 것이었다.

필자는 두 번의 실패에서 '하이 리스크 하이 리턴', '경제 공부가 필요하다.', '세상에 공짜는 없다.', '실패에는 손실이 있다.'를 배웠다. 뒤돌아보면 그 실패는 나에게 실패가 아니었다. 경험이었고 공부였다. 그 경험과 안목이 쌓이면서 드디어 본격적인 사업에 뛰어들게 됐다. 극단적인 절제의 삶에서 경제 시스템 안으로 들어간 것이다.

필자는 비전을 세우고 목표를 설정했다. 최소 3년 안에 성공할 수 있는 사업이 뭐가 있는지 찾았다. 창업 자금도 없고 기술도 없었다. 직장 생활을 했지만 사업을 해본 적도 없다. 내 비전과 목표를 이룰 수 있는 일은 딱 한 가지뿐이었다. 그것은 부정적인 편견이 많은 네트워크 마케팅이었다. 정식 법률 용어는 다단계 판매업이다. 네트워크 마케팅에 대해서는 여기서 언급하지 않겠다. 각자의 의견과 경험이 다르기 때문에 논쟁은 피한다. 내가 하고 싶은 이야기는 네트워크 마케팅을 통해서 많은 것을 배웠다는 것이다. 결론부터 말하면 나의 네트워크 마케팅 사업은 실패했다. 하지만 그 사업은 실패했지만 네트워크 마케팅을 통해 내 인생은 완전히 변했다.

우선 네트워크 마케팅을 하면서 1년 동안 많은 공부를 했다. 영업, 리더십, 경영학, 경제학, 인간관계를 공부하고 경험을 쌓았다. 두 번째는 평소에 몰랐던 건강 지식과 피부 미용에 대해서 전문가가 됐다. 세 번째는 많은 사람을 만났고 그들을 통해 정보를 얻었다. 1년 동안의 비즈니스 공부는 지난 세월에 익힐 수 없는 것들이었고, 지금 내 사업의 기초가 됐다. 이 경험은 앞으로도 나를 이끌어줄 경험과 자산이 될 것이다. 지금도 이 공부는 멈추지 않고 있다. 필자는 이 공부와 경험을 통해 세 번째 투자를 하게 됐고 결국 성공했다. 세 번째 투자는 4차 산업 블록체인 분야였다. 이 분야도 하이 리스크 하이 리턴이었지만 지난 두 번의 경험과 공부를 통해 과감한 승부로 성공한 것이다.

두 번의 투자 실패와 한 번의 사업 실패는 나에게 큰 흑역사다. 절제된 삶을 살던 내가 돈을 마련해서 손해를 봤다는 것은 생활에 엄청난 어려움을 겪었다는 것이다. 그런 경험을 해본 사람들은 알 것이다. 돈이 없어서 더 불편해진 상황. 필자는 두 번의 투자 실패와 한 번의 사업 실패로 성공에 목말랐다. 어떻게 하면 성공할 수 있을지 매일 고민하고 공부했다. 사실 나는 흑역사를 돌아볼 시간도 없었다. 계속 사람들을 만나야 했고 정보를 얻어야 했다. 공부하고 다음 기회를 잡아야 했다. 결국 그 기회가 왔을 때 나는 과감히 잡은 것이다. 두 번의 투자 실패와 한 번의 사업 실패가 없었다면 나는 내게 찾아온 기회를 잡지 못했을 것이다. 아마 두려워서 몇 번이고 고민하다 포기했을 것이다. 절제된 삶을 사는 사람이 그런 투자를 어떻게 할 수 있겠는가?

내게 찾아온 기회 덕분에 필자는 첫 번째 책을 출판했고, 지금 당신과 이 두 번째 책으로 만나고 있다. 내 버킷 리스트Bucket List에 썼던 '책 출판하기'가 이루어진 것이다. 지금도 내 버킷 리스트는 하나씩 이루어지고 있고 앞으로도 많은 것들을 할 것이다. 필자의 블로그에 오면 내가 이룬 버킷 리스트를 볼 수 있다. 흑역사는 누구에게나 있다. 흑역사는 성공의 원동력이다. 누구나 성공의 원동력을 가지고 있고 성공할 수 있다. 당신도 예외는 아니다. 성공에 목말랐다면 흑역사로 힘을 얻어라.

° 작은 고추가 맵다

키 165Cm에 몸무게 60Kg의 NBA 농구 선수가 있다면 당신은 믿을 수 있겠는가? 아마 필자의 농담이라고 생각할 것이다. 믿기 어렵지만 실제로 존재한다. 그의 이름은 얼 보이킨스Earl Boykins 다. 얼 보이킨스는 1976년 생으로 1998년 이스턴 미시간대Eastern Michigan College 를 졸업하고 농구 선수가 됐다. 하지만 그는 작은 키 때문에 NBA에 선발되지 못했다. 뉴저지 네츠, 클리블랜드 캐벌리어스, 올랜도 매직, LA 클리퍼스, 골든 스테이트 워리어스를 단기 계약으로 돌아다녔다. 대학을 졸업하고 5년 만에 덴버 너기츠와 NBA 선수로 정식 계약을 체결했다. 드디어 2003~2004 시즌에서 식스맨으로 출전했다. 얼 보이킨스는 이 시즌에서 득점 11.8점, 어시스트 3.5개, 자유투 성공률 91.8%를 기록했다. 얼 보이킨스가 농구 코트에 나왔을 때 관중뿐만 아니라 상대편 선수들도 웃지 않을 수 없었다. 하지만 그는 해냈다. 2004~2005 시즌에도 모든 경기에 출장하고 12.4점 득점과 4.5개 어시스트를 기록했다. NBA 역사상 165Cm의 키를 가진 선수가 2미터가 넘는 선수들과 당당히 겨뤄서 진가를 드러냈다. 그는 어떻게 이런 멋진 선수가 됐을까?

얼 보이킨스는 어릴 때부터 키가 유별나게 작았지만 농구에 대한 열정만큼은 다른 사람보다 뛰어났다. 그는 거의 매일 친구들과 농구장에서 농구를 했다. 언젠가는 NBA로 갈 수 있을 거라는 꿈을 키웠다. NBA 선수는 연봉이 높을 뿐만 아니라 매우 명예롭기 때문에 농구를 사랑하는 미국 청소년에게는 최고의 꿈이었다. 그는 학교를 졸업한 뒤 선생님의 추천서를 들고 대도시의 농구클럽에 신청서를 냈다. 그때 농구클럽의 코치와 선수들은 그의 말을 듣고는 참지 못하고 웃음을 터 뜨렸다. 심지어 어떤 사람은 바닥에 쓰러져 뒹굴기까지 했다. 그들은 165Cm의 난쟁이가 NBA에 들어온다는 것이 아라비안나이트와 같은 동화 속에서나 있을 법한 일이라고 생각했다.

　남들의 비웃음은 보이킨스의 의지를 꺾지 못했다. 오히려 그의 오 기를 자극했다. 그는 NBA에서 활동하는 꿈을 실현시키기 위해 밥 먹 고 잠자는 시간을 제외하고 모든 시간에 농구를 했다. 그는 공을 제어 하고 슛을 쏘는 기술을 고되게 훈련했다. 보이킨스는 연습을 통해 작 은 키로 공을 현란하게 다뤘다. 그의 기술은 변화가 심했기 때문에 막 으려고 해도 막을 수가 없었다. 10년이 흘렀다. 그에게 숨어있던 재능 은 빠르고 충분하게 계발되어 기술이 높은 경지에 다다랐다. 그는 다 재다능한 농구선수가 됐고 가장 우수한 가드Guard가 됐다. 보이킨스는 키가 작다는 장점을 충분히 활용했다. 키가 작은 대신 동작이 총알처 럼 민첩했고, 공을 움직일 때 무게 중심이 가장 낮아 실수할 확률도 적 었다. 키가 작으면 다른 선수들이 방심하기 때문에 공을 중간에서 가 로채기도 쉬웠다. 이렇게 해서 얼 보이킨스는 NBA 역사상 최단신의 프로 선수가 됐고, 식스맨이지만 팀에 공헌하는 선수가 됐다. 지금은 그의 모습을 볼 수 없지만 2003년 많은 농구 팬들은 그의 출전 모습을 보며 즐거워했다. [13)]

　얼 보이킨스는 키가 작다는 단점을 문제 삼지 않았다. 오히려 자신의 꿈을 이루기 위해 그 단점을 최대한 활용했다. 작은 키를 이용해 상대방이 예측하지 못하는 드리블을 했고 매일 슛 연습을 했다. 믿기지 않겠지만 얼 보이킨스는 덩크슛도 할 수 있다. 2미터가 넘는 선수들 사이로 덩크슛을 했다고 말한다면 필자를 거짓말쟁이라고 할 것이다. 하지만 사실이다. 얼 보이킨스의 드리블, 슛, 점프, 민첩함, 달리기, 순발력은 누구도 따라하지 못했고, 상대팀 선수들은 보이킨스가 능력을 발휘할 때마다 놀랐다.

얼 보이킨스는 자신의 흑역사에서 엄청난 힘을 얻었다. 자신의 키가 작다는 것에 절망하지 않았다. 만약 그의 키가 175Cm였다면 어떻게 됐을까? 아마 작은 키도 아니고 큰 키도 아닌 자신의 단점을 극복하지 못했을 것이다. 차라리 미국에서도 작은 키인 165Cm의 키가 그를 더욱 꿈에 다가갈 수 있도록 힘이 된 것이다. 얼 보이킨스의 흑역사는 그가 꿈을 이룰 수 있는 성공의 원동력이었다. 혹시 자신의 신체 조건이 나쁘다고 포기하려고 하는 꿈이 있는가? 아니면 이미 포기했는가? 만약 그 꿈을 정말 이루고 싶다면 도전해라. 다시 도전해라. 당신은 얼 보이킨스보다 훨씬 상황이 좋을 것이다. 나쁘면 또 어떤가? 얼 보이킨스보다 더 강력한 힘을 얻으면 되지 않겠는가?

2006년 한 인터뷰에서 얼 보이킨스가 한 말을 우리의 인생 명언으로 삼자. 당신은 할 수 있다. 당신은 특별하다. 당신은 최고다.

"I always feel like I'm the best player on the court
when I step out there."

**"내가 농구 코트에 나갈 때
나는 코트 위에서 항상 최고의 선수라고 느낀다."**

"사소한 반대를 두려워마라.
성공이라는 '연'은 역풍을 타고 오른다는 것을 기억하라."

나폴레온 힐

3장

흑역사의 달인

알프레드 노벨

Alfred Bernhard Nobel

° 다이너마이트의 발명

알프레드 노벨은 1833년 10월 21일 스웨덴 스톡홀름에서 8남매 가운데 셋째 아들로 태어났다. 그의 아버지 임마누엘 노벨 2세는 건축업자 겸 발명가였지만 계속되는 사업 실패 때문에 1837년에 혼자 러시아로 떠났다. 러시아에 정착한 임마누엘은 니콜라이 1세 황제의 신임을 얻어 지뢰와 수뢰를 비롯한 각종 군수품을 제조하는 공장을 차렸다. 생활이 안정되자 스웨덴에 있던 나머지 가족도 1842년에 상트페테르부르크로 이주했다.

알프레드 노벨의 정규 교육은 여덟 살 때 스톡홀름의 한 학교에 1년간 다닌 것이 전부였다. 러시아에 와서야 그는 가정교사를 두고 공부를 시작했다. 러시아어, 독일어, 영어, 프랑스어를 배웠고 특히 과학에 재능을 보였다. 부친의 사업이 확장되면서 세 아들도 각각 판매, 생산과 실험 업무를 나눠 맡았다.

17세 때인 1850년, 알프레드 노벨은 아버지의 지시에 따라 수년간 유럽과 미국을 여행하며 견문을 넓히는 계기로 삼았다. 1854년에 크림 전쟁이 일어나고 임마누엘 노벨의 회사는 러시아군에 지뢰와 수뢰를 납품하며 성공했지만 전쟁 중인 1855년에 니콜라이 1세가 죽었다. 후계자인 알렉산드르 2세가 군수품 공급 계약을 일방적으로 파기함으로써 임마누엘 노벨은 파산하고 말았다. 임마누엘은 19년 간 살았던 러시아를 떠나 스웨덴으로 돌아왔다. 그는 스웨덴으로 돌아온 후 나이트로글리세린Nitroglycerine이라는 특이한 물질에 대한 본격적인 연구를 시작했다.

1847년에 개발된 무색투명의 액체 나이트로글리세린은 진동이나 충격에 쉽게 폭발하는 성질을 지니고 있었다. 기존의 흑색 화약보다 현저하게 강력한 폭발력에 이미 많은 사람이 매력을 느끼며 연구에 박차를 가했지만 뚜렷한 성과는 없었다. 문제는 나이트로글리세린의 폭발력을 가급적 그대로 유지하면서 안전성을 높인 실용적인 제품을 만들어내는 것이었다. 알프레드 노벨은 30세 때인 1863년부터 아버지와 함께 연구를 시작했고, 독자적인 아이디어로 신형 뇌관과 액체 폭약을 개발해 특허를 받았다.

1876년부터 알프레드 노벨은 나이트로글리세린을 규조토에 흡수시켜 고체 폭탄을 만들었다. 그는 이 폭약을 '노벨의 안전 화약'이라는 이름으로 판매했다. 그 상표명은 '다이너마이트'라고 했는데, 훗날 이

물건을 지칭하는 일반명사가 됐다. 기존의 폭약보다 훨씬 더 강력하고 안전한 다이너마이트는 1867년에 영국, 스웨덴, 미국에서 특허를 받았고 채굴이나 건설 산업에서 널리 사용됐다.

알프레드 노벨은 1875년에 젤라틴 형태의 폭약을 개발해서 다시 한번 세계적인 명성을 얻었다. 1879년에는 러시아에서 사업을 하던 두 형과 함께 러시아의 바쿠 유전에 투자해서 이곳을 세계적인 석유 생산지로 만들었다.

은퇴 중에도 노벨은 평소 연구와 실험을 중단하지 않았다. 그는 집에 실험실을 만들어서 연구를 계속했다. 연구 도중 화약 관련 야외 실험을 하다가 이웃들의 항의를 받기도 했다. 그는 평생 355개의 특허를 취득했으며 화약 말고도 만년필, 축음기, 전화기, 축전지, 백열등, 로켓, 인조 보석, 비행기와 수혈을 연구했다.[14]

° 비난을 이기다

알프레드 노벨이 다이너마이트를 만들기까지 쉬운 과정은 아니었다. 위대한 발명과 많은 돈을 벌었지만, 노벨 역시 거기까지 도달하기 위해서 흑역사를 피해갈 수 없었다. 그의 흑역사를 들여다보자.

1864년 9월 3일, 고요한 스톡홀름 교외에서 갑자기 귀청을 울리는 거대한 소리가 터져 나왔다. 뭉게뭉게 피어나는 연기는 삽시간에 하늘을 메웠고 불꽃은 위로 치솟았다. 겨우 몇 분 만에 참사가 벌어졌다. 놀란 사람들이 사고 현장에 왔을 때는 원래 있던 공장이 흔적도 없이 사라졌고 무심한 불길만이 모든 것을 삼키고 있었다. 화재 현장 옆에는 30세가 넘어 보이는 청년이 서 있었다. 그는 갑작스러운 사고와 지나친 자극 때문에 이미 얼굴색이 하얗게 됐고 온몸을 부들부들 떨고 있었다. 그는 다행히 화재에서 살아남았다.

노벨은 눈을 부릅뜨고 자신이 만든 나이트로글리세린의 실험 공장이 잿더미로 변하는 모습을 지켜보았다. 사람들은 벽돌 속에서 다섯 구의 시체를 찾아냈다. 그 가운데는 대학에서 함께 공부했던 명랑하고 귀여운 남동생이 있었다. 그와 아침, 저녁으로 함께하며 친밀하게 지냈던 조수도 그 안에 있었다. 검게 그을린 다섯 구의 시체는 너무 처참해서 차마 눈을 뜨고 볼 수가 없을 정도였다. 노벨의 어머니는 막내 아들이 참혹하게 죽었다는 소식을 듣고 슬픔이 극에 달했고, 그의 아버지는 너무 충격을 받은 나머지 뇌출혈로 반신불수가 됐다. 그러나 노벨은 실패와 거대한 고통에 흔들리지 않았다.

사고가 발생한 뒤 경찰 당국은 사고 현장을 즉각 봉쇄하고 노벨이 자신의 공장을 되찾는 것을 막았다. 사람들은 전염병에 걸린 사람을 대하듯 노벨을 피했다. 누구도 노벨이 그 위험한 실험을 계속하도록 땅을 빌려주지 않았다. 계속되는 좌절 속에서도 노벨은 물러서지 않았다. 며칠 뒤 사람들은 시내에서 멀리 떨어진 말레르호에서 커다란 화물선 한 척을 볼 수 있었다. 배에는 화물은 없고 각종 설비가 잔뜩 실려 있었다. 한 청년이 말레르호의 보크홀름순드에 배를 정박시킨 뒤 주의를 기울여 신비한 실험을 진행했다. 그는 폭발 사고 때문에 주민들에게 쫓겨난 노벨이었다.

두려움이 없는 용기는 죽음의 신도 물러서게 한다. 가슴 졸이는 실험이었지만 노벨은 배와 함께 물고기의 밥이 되지는 않았다. 오히려 그는 여러 차례의 실험을 통해 뇌관을 발명해냈다. 뇌관의 발명은 세계적으로도 중요한 의미를 지닌 사건이었다. 당시 유럽 여러 나라에서는 공업화가 진행되고 있었다. 공업화를 위한 광산 개발, 철도 건설, 터널 굴착, 운하 건설에는 폭약이 필요했다. 그래서 사람들은 노벨과 친해지려고 노력했다. 노벨은 실험실을 스톡홀름 인근의 빈테르비켄으로 옮긴 다음, 정식으로 나이트로글리세린 공장을 만들었다. 이어서 그는 다시 독일의 함부르크 부근에 폭약 회사를 세웠다.

그 기간 동안 노벨이 생산한 폭약은 없어서 못 파는 인기 상품이 됐다. 주문서가 세계 각지에서 끊임없이 날아왔다. 그에 따라 노벨의 재산은 매일 불어났다. 하지만 성공을 거둔 노벨이 좌절에서 벗어난 것은 아니었다. 불행한 소식이 연이어 들리기 시작했다. 샌프란시스코에서 폭약을 운반하던 기차가 진동 때문에 폭발했다. 그 폭발로 인해 기차는 산산이 부서졌다. 독일의 유명한 공장은 나이트로글리세린을 운반할 때 충돌이 발생해 폭발했다. 공장과 근처 민가는 폐허로 변했다. 파나마에서 출항한 나이트로글리세린을 가득 실은 여객선은 나이트로글리세린을 가득 싣고 대서양을 항해하던 중 진동으로 폭발해 여객선 전체가 바다 속 깊이 잠겨버렸다.

놀라운 소식들이 연이어 들어오자 사람들은 다시 노벨을 멀리하기 시작했다. 심지어 사람들은 그를 전염병을 퍼트리는 역신이나 재난을 몰고 다니는 화근덩어리로 취급했다. 처음 재난이 작은 범위였다면 이번에는 세계적인 규모의 저주였다. 노벨은 다시 한 번 사람들로부터 버림받았다. 하지만 계속되는 재난과 시련에도 노벨은 쓰러지지 않았다. [15)

알프레드 노벨의 흑역사는 흔히 우리가 경험할 수 있는 종류는 아니다. 그의 흑역사는 동생을 포함한 5명의 죽음을 보는 것이었고, 자신의 뜻과는 다르게 다이너마이트로 인해 많은 사람이 죽는 것이었다. 자신의 발명으로 인해 많은 사람이 죽은 것은 노벨의 잘못은 아니었지만 사람들은 노벨을 비난했다.

노벨은 사랑하는 사람들의 죽음과 주위의 비난에도 멈추지 않았다. 자신이 할 일을 묵묵히 했다. 그는 실패를 절대 실패로 생각하지 않았다. 그는 과학자였다. 그에게 실패는 실험이었다. 그의 실패는 단지 역사의 작은 점이었고 그 점은 그에게 흑역사였다. 결국 노벨은 자신의 흑역사로 힘을 얻어 355개의 발명 특허를 받았고 매우 크게 성공했다. 그의 성공은 인류에게 가장 큰 유익을 가져다 준 사람에게 수여하는 '노벨상'을 만들었고, 지금까지 우리에게 많은 영향을 주고 있다.

오자와 세이지

Ozawa Seiji

˚ 천재의 탄생

오자와 세이지는 1935년 중국 랴오닝성 선양에서 일본인 부모 밑에서 태어났다. 그는 기독교 신자인 어머니를 통해 서양음악을 접하게 됐고, 7세 때부터 피아노를 배우기 시작했다. 가족이 일본 도쿄로 이주하면서 오자와 세이지도 일본에 정착했다. 1951년 일본의 명문 도호 음악학교에서 작곡과 지휘를 공부하면서 피아노도 계속 연습했다. 하지만 손가락 부상을 입은 이후부터 피아니스트의 꿈은 포기하고 지휘에만 전념했다. 오자와 세이지는 어릴 때부터 음악에 천부적인 소질이 있었다. 그는 장래에 레너드 번스타인Leonard Bernstein과 같은 지휘자가되기로 뜻을 세웠다.

오자와 세이지는 1954년까지 NHK교향악단과 일본교향악단의 지휘자로 활동했다. 1959년 유럽으로 건너가 브장송 국제청년지휘자 콩

쿠르에서 우승했다. 당시 심사를 맡았던 샤를 뮌슈Charles Munch의 눈에 띄어 탱글우드 뮤직센터에서 공부하게 됐고, 거기에서 쿠세비츠키상을 수상했다.

1961년 그는 카네기홀에서 지휘자로 처음 서양무대에 선보였다. 헤르베르트 폰 카라얀Herbert von Karajan이 주최한 지휘자 콩쿠르에서도 상을 받았다. 세계적인 명성을 지닌 카라얀은 오자와 세이지가 마음에 들어 직접 그를 지도했다. 2년 동안 파리에 있으면서 오자와 세이지는 빠른 발전을 보였다. 오자와 세이지는 카라얀의 제자로 레너드 번스타인이 이끄는 뉴욕 필하모닉의 부지휘자로 활동했다. [16] 그는 뉴욕 필하모닉 오케스트라와 미국 최대의 공연회사 콜롬비아 예술사의 초빙을 받아 오케스트라 지휘자가 됐다.

파리에서 일본으로 돌아온 오자와 세이지는 일본 방송사 교향악단의 상임지휘자가 됐다. 하지만 교향악단의 단원들은 젊은 오자와 세이지를 좋아하지 않았다. 그들은 상대적으로 독일의 유명한 지휘자인 빌헬름 푸르트뱅글러Wilhelm Furtwangler의 지휘 성향을 더 좋아했다. 단원들은 오자와 세이지가 지휘하는 교향악 공연에 참가하길 거절했다. 텅텅 빈 극장에는 오자와 세이지만 외롭게 홀로 지휘대를 지키고 서 있었다. 그는 해외에서 어렵게 지휘 공부를 마치고 돌아왔는데 정작 조국에서는 이렇게 냉대를 받을 것이라고는 생각하지 못했다.

몹시 화가 난 오자와 세이지는 조국을 떠나 방랑생활을 시작했다. 그는 먼저 미국에 갔다. 그는 열심히 공부하면서 시카고 교향악단의 베니아 청년부 지휘자로 일했다. 동시에 그는 캐나다 토론토 교향악단의 지휘자도 같이 했다. 풍부한 경험을 쌓게 된 오자와 세이지의 지휘 능력은 더욱 향상됐다. 5년 뒤 그는 미국을 떠나 세계 각지를 여행하기 시작했다. 유럽으로 건너간 오자와 세이지는 여러 유파의 음악을 접해본 뒤, 얻은 지식을 정리하고 응용하여 자신만의 독창적인 품격을 만들었다. 그 뒤 오자와 세이지는 세계적인 명성을 얻게 됐고 세계의 언론은 그를 '세계적인 지휘자'라고 불렀다.

그렇게 명성을 얻은 뒤에도 오자와 세이지는 여전히 자신을 훈련시켰다. 그는 매일 새벽 1시에 자고 5시에 일어났다. 연주회에 참가해지휘하는 것 외에 대부분의 시간은 악보를 연구하는 것으로 보냈다. 1972년 오자와 세이지는 보스턴 교향악단의 상임지휘자가 됐다. 각고의 노력 끝에 그는 결국 세계 음악의 정상에 올랐다.[17]

° 무시를 이기다

오자와 세이지에게 있는 흑역사는 무시였다. 같은 업종에서 일하는 텃새라고 표현할 수도 있지만, 그는 공부를 마치고 돌아온 일본에서음악인들의 무시는 참을 수 없었다. 필자가 볼 때 오자와 세이지는 외국에서 공부하기 전에 이미 천재였던 것 같다. 그의 실력은 타의 초종을 불허했을 것이다. 단지 자신의 실력을 인정받기 위해 유럽으로 갔을 것이다. 자신의 노력에 최고의 실력자들과 만나고 배울 수 있는 기회가 생겼고, 그 기회가 오자와 세이지를 더 큰 인물로 만들었다.

오자와 세이지에게 있었던 이 흑역사가 없었다면 지금의 오자와 세이지는 없었을 것이다. 일본에서 잘 나가는 지휘자로 성공했다면 그는 일본이라는 작은 울타리에 갇힌 음악인이었을 것이다. 하지만 그가 '무시'라는 흑역사를 이겨내고 미국과 유럽을 여행할 때 비로소 오자와 세이지는 세계적인 음악인이 됐다. 오자와 세이지의 흑역사는 그에게 힘이 되어 세계적인 인물이 되도록 했다.

윈스턴 처칠

Winston Churchill

° 실패의 연속

윈스턴 처칠은 명망 높은 귀족 가문에서 팔삭둥이로 태어났다. 외롭고 억압적인 유년기를 보내야 했던 불행한 열등생이었다. 간혹 천재라고 칭송을 받기도 했지만 판단력이 부족하다고 욕을 먹는 일이 다반사였다. 몸이 왜소하고 병약해서 끊임없는 사건과 사고에 시달려야 했다. 11세에 폐렴에 걸려 죽을 고비를 넘겼고, 17세에는 술래잡기 놀이 중 다리에서 뛰어내려서 다리가 부러졌고 3일 후에나 의식을 회복할 수 있었다.

당시 영국 귀족들의 자녀는 대개 유모 손에 자랐고, 기숙학교에 보내져 부모의 애정이 결핍되는 것은 흔한 일이었다. 처칠은 10살 때 동급생이 휘두른 주머니칼에 가슴이 찔렸다. 이 소식을 전해들은 어머니는 처칠에게 "네가 그렇게 당할 만한 행동을 했을 것이라 믿어진다."

고 편지 한 통만 보냈다. 18살 무렵에는 기숙학교 생활을 하면서 기존 질서에 반항적이고 비협조적인 태도를 보였다. 오로지 집에 가고 싶은 마음이 간절했지만 부모는 외면했다. 특히 아버지는 그에게 냉정했다.

처칠은 라틴어, 그리스어와 수학은 잘 하지 못했지만 역사와 영어는 일찍부터 흥미를 보였다. 선생님과 부모는 처칠의 재능을 완전히 무시하거나 반응을 보이지 않았다. 처칠은 무관심하고 냉정한 부모를 자신의 우상으로 여겼다. 부모에게 인정받고 싶어 자기만의 방식대로 많은 노력을 했다. 그는 학교에서 펜싱 챔피언이 됐고, 어린 나이에도 시 수천 행을 암기하는 천재적인 재능도 보여주었다. 특히 영웅담을 그린 시를 좋아했다.

처칠의 아버지는 아들이 직업적 성공을 거두기에는 재능이 부족하다고 판단하고 샌드허스트 육군사관학교에 보내기로 했다. 처칠은 나름 열심히 공부했지만 육군사관학교에 두 번이나 떨어지고 세 번째에 간신히 합격했다. 하지만 입학 성적이 좋지 않아 가장 품위 있는 보병대에는 들어갈 수 없었다. 대신 기병대에서 훈련을 받았다.

처칠은 잔인한 아버지로 인해 시작된 우울증 발작 때문에 평생 괴로움을 겪어야 했다. 그는 이 발작을 '검은 개들'이라 불렀다. 다행히 쉬지 않고 활동할 때는 검은 개들이 나타나지 않았다. 1899년 그는 군대를 제대하고 무모하게 의회 진출을 시도했지만 보기 좋게 실패했다. 그 후 신문사 특파원 자격으로 전쟁 상황을 보도했고, 다시 군대에 들어가 큰 공을 세움으로써 엄청난 명성을 얻게 됐다. 그 배경으로 결국 하원의원에 당선되어 정치가로 첫발을 내딛게 됐다.

1900년 처음으로 보수당 의원으로 당선된 후, 몇 년이 지나 자유당으로 옮겼고 해군장관까지 됐다. 1922년 하원의원 재선 실패 후 2번이나 연속 낙선했지만 다시 보수당으로 돌아가 당선됐다. 하지만 금본위제로 돌린 실수와 정부의 인도 정책을 반대한 탓에 내각에서는 배제되어 평의원으로 남게 됐다.

처칠은 아돌프 히틀러의 야망과 독일 군대의 무장 정책을 경고했다. 하지만 그는 사람들의 조롱과 경멸만 받았다. 영국이 무장을 해제하고 있는 동안 독일은 전쟁 준비에 박차를 가하고 있었다. 처칠은 네빌 체임벌린 영국 수상의 '평화 보증서'에 대해 "전쟁과 불명예 중에서 불명예를 선택했고, 결국 전쟁을 피할 수 없을 것이다."라고 인상적인 연설을 했다. 그의 예언대로 히틀러가 체코슬로바키아를 점령한 후, 1939년에는 뮌헨 합의를 무시하고 폴란드를 침공했다. 여세를 몰아 벨기에와 프랑스를 단숨에 쓸어버렸다. 역사는 처칠이 1940년 5월 10일 영국 수상으로 취임하도록 했다.[18]

° 흑역사가 만든 위인

총리가 된 처칠은 5월 13일에 장관들을 만나 "내가 바칠 것은 피와 땀과 눈물밖에 없다."고 말했다. 같은 날 그는 새로 구성된 거국연립내각에 대한 신임을 요청하기 위해 의회를 방문하여 위와 같이 연설했다. 처칠의 취임과 이 연설 이후 영국 국민들은 용기와 희망을 품기 시작했다.[19) 결국 처칠은 영국을 하나로 만들어 이 전쟁을 승리로 이끌었다.

윈스턴 처칠은 영국의 총리가 되기 위해 험난한 시간을 보냈다. 어린 시절 부모의 사랑을 받지 못했고, 무시당하고 뛰어난 능력을 보이지도 못했다. 육군사관학교도 겨우 들어갔고 군인으로서 큰 성과를 내지도 못했다. 하원의원에도 여러 번 떨어졌고 우울증 발작은 그가 죽기 전까지 괴롭혔다. 하지만 그는 묵묵히 자신이 해야 할 일을 했다. 자신이 지나온 흑역사가 자신에게 어떤 영향을 미치는지 생각하지 않았다. 그에게 흑역사는 지나가는 시간일 뿐이었다. 만약 그가 흑역사에 사로잡혀 앞으로 전진하지 못했다면 제2차 세계대전에서 승리하지 못했고, 영국은 존재하지 못했을 것이다.

2002년 영국 BBC 방송은 영국인 백만 명을 대상으로 '위대한 영국인 100명'을 조사했다. 이 조사에서 영국인이 가장 사랑하는 아이작 뉴턴과 셰익스피어를 제치고 1위를 차지한 것은 윈스턴 처칠이다. 그의 흑역사는 빛나는 역사가 되어 지금까지도 영국뿐만 아니라 전 세계에 남아있다.

커널 샌더스

Harland David Sanders

°전설의 시작

KFC 매장에 가면 볼 수 있는 하얀 머리에 흰 수염, 인자한 미소를 짓고 있는 할아버지를 만날 수 있다. 이 할아버지는 KFC의 창업자 커널 샌더스다. 그의 본명은 할랜드 데이비드 샌더스다. 1935년 45세에 켄터키 주의 명예를 빛낸 공적으로 주지사로부터 '커널colonel'이라는 칭호를 받으면서 커널 샌더스로 불리게 됐다.

샌더스는 1890년 인디애나 주 헨리빌에서 삼남매의 장남으로 태어났다. 그는 6살에 아버지를 잃은 뒤 어린 두 동생을 돌보면서 힘들게 살았다. 돈을 벌기 위해 집을 비워야했던 어머니를 대신해 집안일을 도맡아 하며 동생들을 돌봤다. 10살부터 농장 일꾼을 시작으로 안 해 본 일이 없을 정도로 온갖 일을 해야 했다.

12살에 재혼한 어머니를 따라 인디애나 주 그린우드로 옮긴 샌더스는 7학년 때 학교를 중퇴했다. 이후 그의 어머니는 재혼한 남편의 폭력에 집을 나갈 수밖에 없었다. 결국 샌더스는 13세에 집을 나오게 되고 페인트칠과 농장 보조원으로 일했다. 1906년 16세 밖에 되지 않던 그는 기록부를 위조하여 군대에 입대하고 쿠바에서 군복무를 했다.

샌더스는 1907년 군대에서 명예 전역을 하고 쿠바에서 미국으로 돌아왔다. 그는 철도 보수원, 보험사 영업, 페리보트 회사일, 아세틸렌 램프 만드는 일, 타이어 영업 같은 그야말로 돈을 벌기 위해 무슨 일이든 했다. 1924년 타이어 영업을 하며 친분을 맺었던 켄터키의 스탠더드 오일Standard Oil Co.사의 도움으로 작은 주유소를 하나 차렸다. 당시는 자동차가 만들어지기 시작한 때라 주유소의 전망은 매우 밝았다.

1929년 대공황이 오면서 주유소 영업은 큰 타격을 받았다. 결국 샌더스는 39살에 모든 돈을 날렸다. 다행히 그의 친절한 영업 서비스를 지켜본 쉘 오일Shell Oil Co.사의 도움으로 1930년 켄터키 주 남서부 코빈에서 다시 작은 주유소를 시작했다. 주유소를 운영하던 샌더스는 많은 여행자들이 운전하는 중에는 배가 고파도 음식을 먹을 식당이 없다는 사실을 알았다. 그것에 아이디어를 내서 주유소 구석에 한 개의 테이블과 여섯 개의 의자를 마련해 식사를 제공하기 시작했다. 그는 동생들을 돌보며 쌓은 요리 실력으로 닭튀김, 햄과 스테이크를 판매했다. 그의 작은 식당은 청결한 매장 관리와 맛있는 요리로 금방 유명해졌다.

친절한 주유소와 샌더스 카페는 켄터키에서 매우 유명해졌다. 1935년 45세의 샌더스는 켄터키 주지사로부터 '커널'이라는 명예 대령의 칭호를 받았다. 이후 그는 소문을 듣고 찾아오는 사람이 많아지자 여행자들이 편히 쉴 수 있는 모텔을 만들었고 사업을 더 확장했다.

1941년 제2차 세계대전이 터지면서 미국 전역에 자동차 연료 공급이 원활하지 못하게 되자 여행객은 급격히 줄었다. 샌더스의 모텔과 레스토랑은 적자를 면하지 못했다. 1950년에는 25번 국도를 우회하는 도로가 생기면서 손님의 발길이 완전히 끊어졌다. 샌더스는 적자를 내면서도 사업을 유지하며 버티었지만 결국 1955년 모든 사업이 망해버렸다.

샌더스에게 남은 것은 매월 받을 수 있는 105달러의 연금밖에 없었다. 하지만 그는 65세에 새로운 도전을 시작하기로 결심했다. 그는 집집마다 찾아가 직접 부딪혔다. 여러 음식점을 돌아다니며 자신의 아이디어로 사업을 하도록 주인들에게 이렇게 말했다. "제가 프라이드치킨을 맛있게 만드는 비법을 알고 있습니다. 사장님께서 채택하신다면 사업은 틀림없이 번창할 것입니다. 저는 그 증가한 매출액에서 일부를 받고 싶습니다." 많은 사람들이 대놓고 그를 비웃었다. 하지만 그는 먼저 방문했던 음식점의 거절을 신경 쓰지 않았다. 오히려 세심하게 자신의 말투를 고치고 효과적인 방법으로 다른 음식점을 찾아가 주인을 설득했다.

샌더스는 전국을 돌아다니면서 1,008번이나 거절당한 후에 처음으로 '당신의 제안에 동의합니다.'는 말을 들을 수 있었다. 그는 2년 동안 낡고 오래된 할아버지의 자동차를 몰고 다니면서 미국 전역을 돌아다녔다. 피곤하면 옷을 입은 채 뒷좌석에 누워 잠을 잤다. 차에서 자고 아침에 일어나 사람들을 만나면 자신의 아이디어를 설명했다. 샌더스는 1,008번의 거절을 당하는데 꼬박 2년이라는 시간이 걸렸다.[20]

샌더스의 동업자인 피트 하먼은 초창기 KFC의 발전에 크게 기여했다. 피트 하먼은 센더스의 닭튀김 식당 이름을 '켄터키 프라이드치킨 Kentucky Fried Chicken'이라고 제안했고, 센더스는 이 제안대로 그의 음식점을 '켄터키 프라이드치킨'으로 바꿨다. 피트 하먼은 미국 남부의 지명인 '켄터키'가 따뜻하고 푸짐한 남부의 환대를 떠올리게 한다고 생각했다. KFC의 트레이드마크 중 하나라고 할 수 있는 다인용 포장 박스로 흰색과 빨간색으로 장식된 양동이형 종이상자 '버킷 밀Bucket Meal'도 1957년 피트 하먼의 아이디어로 개발됐다.

이후 KFC 프랜차이즈는 급속도로 성장하여 캐나다, 영국, 멕시코 같은 해외로도 진출했다. 1963년에는 북미 지역에서만 프랜차이즈 지점 수가 600개를 돌파했다. 현재는 전 세계 120여 개국에서 20,000여개의 매장이 운영되고 있다.[21]

° 흑역사가 전설을 만들다

커널 샌더스는 어린 시절부터 가난과 노동으로 힘든 삶을 살았다. 돈이 없어서 16세에 군대를 가야 했고, 먹고 살기 위해 사람들이 하지 않는 일을 해야 했다. 잘 되던 사업도 여러 번 실패했다. 필자도 20년 전 아버지가 간암으로 일을 못하시고 가정형편이 매우 어려워졌고, 아버지가 돌아가신 후에는 가세가 완전히 기울어져서 장례 치를 돈도 없었다. 어릴 때 돈이 없어서 불편을 경험한 사람들은 성인이 돼서 실패한다는 것이 어떤 의미인지 안다. 돈이 없다는 것은 아무 것도 못한다는 것이다. 희망과 꿈을 갖기 어려운 것이다. 어른이 되고 또 실패를 하면 후회와 후회를 거듭하고 땅을 파고 파고 또 파서 '나는 태어나지 말았어야 돼.'라는 생각까지 한다. 이런 생각까지 하면 두 번 다시 사업을 하거나 성공하지 못한다.

하지만 샌더스는 달랐다. 극도로 어려운 어린 시절과 사업에 실패한 흑역사를 경험하고도 65세에 다시 일어섰다. 주위를 둘러봐라. 65세에 사업을 시작하고, 그 사업을 위해 전국을 돌아다니는 사람이 있는가? 내 주위에는 아무도 없다. 65세의 나이는 벌어놓은 돈으로 조용히 살던지 아무것도 하지 않고 포기하는 삶이다. 샌더스는 할아버지임에도 불구하고 자동차에서 살면서 2년 동안 자신의 뜻을 이루기 위해 미국 전역을 돌아다녔다. 그는 1,008번의 실패를 하고도 물러서지 않았다. 말이 1,008번이지 사람이 10번만 거절당해도 미칠 수 있다. 욕을 하면서 당장 그만 둘 것이다. 그러나 샌더스는 우리의 예상과는 달랐다. 그는 자신에게 쌓여지는 흑역사를 모두 무시하고 오직 자신이 세운 계획을 이루기 위해 한 발 한 발 전진했다. 결국 그의 흑역사는 KFC라는 기업을 탄생시켰고 전 세계적인 거대 기업이 됐다.

샌더스는 지금까지도 프랜차이즈 업계의 전설이다. 아마 앞으로도 후대에 전설로 남을 것이고, KFC가 사라지기 전까지 그의 흑역사는 사람들에게 계속 전해지고 빛날 것이다. 흑역사를 두려워하지 마라. 흑역사를 힘으로 바꾸면 전설이 된다. 당신도 전설이 될 수 있다.

토머스 에디슨

Thomas Alva Edison

° 발명가의 탄생

토머스 에디슨은 1847년 2월 11일 오하이오 주 밀란에서 제재소를 경영하던 아버지 사무엘의 막내아들로 태어났다. 1854년 그는 미시간 주 포트휴런으로 이사를 갔고 그곳 초등학교에 들어갔다. 에디슨은 학교에 들어가자마자 선생들로부터 산만한 아이라는 이야기를 듣고 퇴학을 당했다. 퇴학을 당하고 난 후 에디슨의 어머니는 직접 에디슨을 가르쳤다.

에디슨은 집안 형편이 어려웠기 때문에 12살부터 철도에서 신문과 과자를 팔았다. 그는 어릴 때부터 실험을 시작했다. 시간을 절약하기 위해 화물차 안에 연구실을 차리고 실험에 열중했다. 그는 신문을 팔던 어느 해 기차 연구실 안에서 화재를 일으켜 차장에게 따귀를 맞은 것이 귀가 잘 안 들리는 이유라고 했다.사실은 그렇지 않다. 에디슨이 어릴 때 당한 일이라 과장되게 얘기한 것이다.

에디슨은 15세 때 기차에 치일 뻔한 역장의 아이를 구해준 보답으로 전신통신 기술을 배우게 됐다. 그 덕에 1869년까지 미국과 캐나다의 여러 곳에서 전신기사로 일했다. 그 무렵 그는 보스턴에서 패러데이의 《전기학의 실험적 연구》라는 책을 읽고 감명을 받았다. 에디슨은 그 책의 설명이 복잡한 수식을 쓰지 않은 것에 흥미를 느꼈다. 그는 그 책에 나오는 실험을 연구하다가 1868년에 전기 투표기록기를 발명하여 최초의 특허를 받았다.

에디슨은 1869년에 주식상장표시기를 발명했고, 그 발명으로 얻은 자금을 기반으로 뉴저지 주의 뉴어크에 공장을 세웠다. 그는 1876년에 멘로파크, 1887년에는 웨스트오렌지로 연구소를 옮겼다. 에디슨은 이 연구소에서 1871년 인자전신기, 1872년 이중전신기, 1876년 탄소전화기, 1877년 축음기, 1879년 백열전구, 1891년에 영화 촬영기와 영사기, 1891년부터 1900년까지 자기선광법, 1900년부터 1910년까지 에디슨 축전기를 발명했다.

제1차 세계대전이 터지고 미국이 참전하게 되자, 에디슨은 사업을 중단하고 해군 고문회의의 회장직을 맡아 군사과학 문제에 몰두했다. 전쟁이 끝난 후 다시 웨스트오렌지에 있는 연구소로 돌아와 고무 대용 식물의 탐구에 몰두하고, 생애를 마칠 때까지 연구를 계속했다.[22]

° 실패는 실험이다

위대한 발명가 에디슨은 텅스텐으로 필라멘트를 만들기 전에 얼마나 많은 실패를 경험했는지 모른다. 하지만 그는 결코 포기하지 않았다. 에디슨은 자신이 오래가고 내구성이 있는 필라멘트를 찾아낼 수 있다고 믿었다.

1821년 영국의 과학자 데이비는 '아크등'이라는 전등을 발명했다. 그 전등은 탄소막대기를 필라멘트로 사용했다. 아크등이 빛을 내긴 했지만 그 빛이 눈에 자극을 주었고 수명도 짧았기 때문에 실용적이지 못했다. 에디슨은 생각했다. "아크등은 실용적이지 못해. 모든 집에서 사용할 수 있도록 내가 빛이 부드러운 전등을 발명해야겠어."

에디슨은 필라멘트로 쓸 재료를 실험하기 시작했다. 전통적인 탄소를 필라멘트로 만들면 전기가 통하자마자 끊어졌다. 루테늄, 크롬 같은 금속을 필라멘트로 만들어 전기를 넣자 잠깐 밝아진 후 타서 끊어져 버렸다. 백금으로 필라멘트를 만들어도 결과는 만족스럽지 못했다. 에디슨은 1,600여 개가 넘는 재료를 실험해보았다. 실험은 번번이 실패했다. 많은 전문가들은 전구의 미래가 밝지 않다고 생각했다. 영국의 유명한 전문가는 에디슨의 연구를 쓸데없는 짓이라고 비꼬기까지 했다. 어떤 기자는 심지어 에디슨의 꿈은 이미 물거품이 됐다고 보도했다.

여러 차례 실패하고 사람들의 비웃음까지 샀지만 에디슨은 결코 물러서지 않았다. 그는 모든 실패가 성공을 향해 앞으로 한 걸음 더 나아가는 것이라고 생각했다. 어느 날, 에디슨은 저녁식사를 하고 있었다. 갑자기 그는 크게 소리쳤다. "무명실, 왜 무명실을 생각하지 못했지?" 에디슨은 저녁 식사를 그만두고 실험실로 달려갔다. 에디슨은 무명실을 U자형의 밀폐된 도가니에 넣고 고온처리를 했다. 그는 집게로 탄화 무명실을 집었다. 하지만 탄화 무명실은 가늘고 쉽게 부서지는 성질이 있었기 때문에 에디슨이 지나치게 긴장하고 집게 든 손을 조금만 떨어도 끊어지고 말았다. 혼신의 힘을 다한 끝에 에디슨은 탄화 무명실을 전구 안에 넣을 수 있었다. 전원을 넣자 전구에서는 황금색 빛이 뿜어져 나와 실험실 전체를 비추었다. 전등은 1시간, 2시간, 3시간을 지나 45시간 동안 빛을 발했다. 필라멘트는 45시간이 지난 후에야 타서 끊어졌다. 에디슨은 13개월 동안 6,000여 종이 넘는 재료를 사용했고, 7,000번 이상 실험을 한 후에 획기적인 진전을 보았던 것이다. 에디슨은 그것을 다시 개량하여 텅스텐으로 필라멘트를 만들었다. 전구 안은 질소와 아르곤으로 채우니 전구의 수명은 훨씬 길어졌다. [23]

에디슨에게 실패는 실험일 뿐이었다. 7,000번의 실패를 해도 그에게는 실험이었다. 과학자들은 실패를 실험이라 생각하고 자기의 도전을 계속한다. 에디슨도 마찬가지였다. 주위의 시선과 비난은 에디슨의 열정을 빼앗을 수 없었다. 에디슨이 학교를 다니지 못할 정도로 산만하고 엉뚱했던 것, 저능아로 불리었던 것은 그에게 흑역사였다. 토마스 에디슨이 살던 시대에 성공한 사람들은 학교 정규 과정을 마친 사람이 드물다. 이것은 그들 모두에게 흑역사였다. 하지만 흑역사는 그들,

특히 에디슨에게 힘이 됐다. 흑역사 때문에 학교를 다니지 못했지만 집에서 어머니에게 특별한 교육을 받았다. 어머니는 에디슨이 무엇이든 할 수 있는 믿음을 주었다. 또 수천, 수만 번의 실패도 그에게 흑역사였다. 하지만 그의 흑역사는 그에게 힘이 되어 세계에서 가장 훌륭하고 위대한 발명을 많이 한 사람으로 에디슨을 역사에 남게 했다.

마지막으로 에디슨이 한 말을 통해 그의 흑역사가 어떻게 그에게 힘이 되어 역사를 만들어냈는지 보도록 하자.

"용기를 내십시오. 나는 사업을 하면서 많은 어려움과 좌절을 맛보았습니다. 미국은 늘 어려움을 딛고 일어서서 더욱 강해지고 더욱 번영하게 됐습니다. 뭔가 더 나은 방법이 반드시 있습니다. 그걸 찾으세요. 열심히 일하는 것을 대체할 수 있는 것은 세상에 없습니다. 쉼 없는 노력과 지금에 만족하지 않는 태도야말로 진보의 필수 조건입니다. 뭔가를 포기했을 때가 사실은 성공의 문턱 바로 앞이었을 때가 많습니다. 실패란 바로 그런 것입니다. 포기하지 마세요. 당신의 조상들이 그러했던 것처럼, 용감해지세요. 굳건한 신념을 갖고 전진하십시오."

레고

Lego

° 꿈의 장난감

1916년 올레 키르크 크리스티얀센Ole Kirk Christiansen은 덴마크의 한 목공소에서 지역 농민을 위해 집과 가구를 만들어 생활했다. 레고의 역사는 올레 키르크 크리스티얀센의 목공소가 화재로 소실된 후 주변의 지원을 받아 아이들을 위한 사다리, 다리미 모형, 돼지저금통과 트럭 장난감을 만들면서 시작됐다.

올레 키르크 크리스티얀센은 자신이 제작하는 장난감의 특성에 맞게 회사 이름을 LEGO로 바꿨다. 그는 '아이의 창의력을 지원하는' 교육용 장난감이라는 이미지를 전면에 내세우면서 보다 다양한 형태로 조립할 수 있는 장난감 제작에 몰두했다. 이후 산업의 발전에 따라 장난감을 만들 때 플라스틱을 사용하는 빈도가 높아졌다. 올레 키르크 크리스티얀센도 시대의 흐름에 맞추어 목재 블록에서 플라스틱 블록으로 바꾸어 시장에 내놓았다.

1954년 고트프레드 키르크 크리스티얀센Godtfred Kirk Christianson은 아버지의 철학을 이어받아 실질적인 경영을 맡았다. 그는 기존 레고 블록이 자주 분리된다는 문제점에 주목했다. 블록의 뒷면에 원통의 공간을 만들고, 똑같은 원형의 볼록한 부분이 바닥에서 튀어나오도록 디자인해 블록의 결합을 강화했다. 블록의 결합이 강해지다 보니 아이들은 블록의 결합을 이용해 보다 쉽고 다양하게 자동차, 트럭, 버스를 만들며 놀 수 있게 됐다. 레고는 고트프레드 키르크 크리스티얀센의 지휘 아래에 다양한 모델을 계속해서 만들어 냈고 회사도 해마다 성장했다.

1980년대 후반 세계 각국에서 레고의 기본 특허가 만료되자 여기저기서 유사한 블록을 제조하는 업체들이 등장했다. 또한 이때부터 비디오게임이 등장했다. 레고 놀이를 즐기던 초등학교 저학년은 비디오게임으로 이동했다. 레고를 가지고 노는 아이들의 평균 연령도 내려갔다. 레고의 구매 인구는 급격히 감소해 수익이 조금씩 줄어들기 시작했다. 안타깝게도 당시 레고의 경영진은 이러한 환경 변화에 대한 충분한 대응책을 마련하지 못했다. 그 결과 1990년대 후반부터 레고의 매출과 점유율은 완전히 떨어져버렸다.

1989년 올레 키르크 크리스티얀센의 손자인 키엘 키르크 크리스티얀센 사장은 이 위기를 타개하고자 폴 블로멘을 COO Chief Operating Officer, 최고운영책임자로 발탁했다. 폴 블로멘은 제품의 다각화를 시도하여 텔레비전 게임 개발, 교육 사업 강화, TV 프로그램 제작, 직영점 경영, 레고 랜드 사업의 확대를 추진했다. 기존 레고 블록과는 전혀 다른 새로운 모델을 출시했다. 영화 '스타워즈', '해리포터'와의 제휴는 업계의 주목을 받았다. 그러나 '스타워즈'를 제외한 대부분의 시리즈는 실패로 끝났다. 이 일로 전통적인 레고 스타일을 사랑한 레고 마니아들을 화나게 만들었고, 레고 브랜드의 신뢰마저 떨어지는 상황에 직면하게 됐다. 2004년에는 창업 이후 가장 큰 수치인 18억 덴마크 크로네_{당시 약 3,100억 원}의 적자를 기록했다.

키엘 키르크 크리스티얀센 사장은 이 위기를 타개하고자 맥킨지 McKinsey & Company 출신 컨설턴트 외르겐 비 크누드스토르프 Jorgen Vig Knudstorp를 CEO로 발탁했다. 외르겐 비 크누드스토르프는 최고경영자로 부임하자마자 전체 직원의 3분의 1인 1,200명을 정리해고 했다. 제품의 종류도 30% 정도 줄였다. 전 세계에 있는 직영점의 수도 대폭 줄였으며, 게임 사업과 TV 프로그램 제작 사업도 그만뒀다. 동시에 레고 랜드 투자펀드를 매각하며 재무 상황을 호전시켰다.

외르겐 비 크누드스토르프는 창업자의 이념인 "아이에게 최고의 것을 주고 싶다."라는 초기의 경영이념을 재해석했다. 그는 "최대가 아닌 최고를 지향한다."는 새로운 기업의 가치를 내걸었다. 고급 장난감 시장을 대상으로 삼아 높은 점유율을 새로운 목표로 세웠다. 동시에 사용하는 부품을 가능한 한 최소화했다. 부품을 최소화해야 아이들이 쉽게 가지고 놀 수 있다고 판단했기 때문이다.

외르겐 비 크누드스토르프는 레고의 열성 팬들에게도 주목했다. 그는 웹페이지를 만들어 레고 정보를 서로 교류하도록 했고 성인 레고 팬 커뮤니티와 소통하면서 그들의 의견을 들었다. 그는 레고 팬의 의견을 받아들여 철수했던 레고 비디오게임 제작에 다시 뛰어들었다. 그렇게 해서 출시한 것이 '레고 마블 슈퍼 히어로'였다. 장난감 정도로 인식되던 레고를 디지털화하여 비디오게임을 만들어 낸 것이다.

　얼마 뒤 중국은 철저한 암기 교육에서 자주성과 창의성으로 교육의 변화를 시도했다. 때마침 레고는 미국 MIT와 공동 연구로 마인드 스톰이라는 교육용 레고를 만들었다. 이 레고는 중국 교육에 적합한 장난감이었기 때문에 호응이 좋았다. 그 덕분에 레고의 중국 매출은 크게 올랐다. 결국 2013년 레고의 매출은 20억 달러약 2조원까지 올라갔다. 그리고 세계 3위의 완구 메이커에서 2위로 한 단계 올라섰다. 레고는 2004년 최악의 경영 상황에 직면한 이후, 10년 만에 다시 완전히 부활했다. [24]

° 모든 방법을 동원하다

　레고의 부활은 기업 역사에 남을 만한 일이다. 잘 나가던 기업이 체질을 개선하고 경영 방식을 바꾸는 것은 쉽지 않다. 레고는 전 세계 아이들의 사랑을 계속 받을 거라고 믿었다. 그래서 경영진의 생각은 나태해졌고 직원들도 나름대로 만족했다. 하지만 시대가 변하면서 아이들도 변했다. 지금도 아이들은 손으로 가지고 노는 장난감보다는 스마트폰 게임을 더 좋아한다. 스마트폰 게임이 더 자극적이고 쉽기 때문이다. 시대의 흐름을 이길 수 없었던 레고는 그 시대를 같이 탔다. 하지만 그것이 더 큰 실수를 만들었다.

흑역사는 한 순간에 찾아온다. 자신이 생각했던 것과는 정반대로 발생하기도 한다. 그럴 때 어떻게 대처하는지가 중요하다. 레고는 이미 발생한 흑역사를 바꾸기 위해 뼈를 깎는 고통을 참아냈다. 흑역사의 문제점을 파악하고 해결책을 마련했다. 웹사이트를 만들어서 레고 팬 커뮤니티와 소통한 것은 신의 한수였다. 흑역사를 정확하게 파악하고 힘을 얻은 것이다. 흑역사를 돌아보고 파악하는 것은 큰 힘이 된다. 그 과정은 매우 고통스럽지만, 그 과정을 지나면 빛나는 역사의 길로 들어서는 것은 당연한 일이다.

보너스

Bonus

글든 글로브 여우주연상과 영화비평가협회 여우주연상을 받고, 아카데미 여우주연상에 두 번이나 후보로 오른 리브 울만Liv Ullmann은 일찍이 노르웨이의 국립 연극 학교 오디션에서 탈락했다. 시험관은 그녀에게 전혀 배우가 될 가능성이 하나도 엿보이지 않는다고 혹평했다.

말콤 포브스Malcolm Forbes는 프린스턴 대학 시절에 학교 신문기자 시험에 응시했지만 탈락했다. 하지만 그는 전 세계에서 가장 성공한 최고의 경제 잡지 '포브스'의 발행인이 되어 이름을 날렸다.

1962년 젊은 뮤지션 네 명이 긴장한 얼굴로 데카 레코드Decca Records 의 임원들 앞에서 첫 번째 오디션을 받았다. 임원들은 아무런 인상도 받지 못했다. 한 임원은 말했다. "우린 자네들의 소리가 맘에 들지 않아. 통기타를 쳐대는 것은 이미 한 물 갔거든." 그 후 이 네 명의 젊은이는 '비틀즈The Beatles'라는 이름으로 전 세계인의 마음을 사로잡았다.

1954년 그랜드 올 오프리의 매니저 짐 데니는 엘비스 프레슬리Elvis Presley의 공연을 본 뒤에 곧바로 그를 해고했다. 그는 프레슬리에게 소리쳤다. "자넨 음악적인 미래가 없어. 트럭 운전수로 돌아가." 그 후 엘비스 프레슬리는 록 음악의 황제로 군림하며 1977년 죽기 전까지 앨범 6억장 이상을 판매했다. 33편의 영화에도 주연으로 출연했다. 엘비스 프레슬리는 미국 역사상 가장 사랑받는 가수가 됐다.

알렉산더 그레이엄 벨Alexander Graham Bell이 1876년에 전화기를 발명했을 때 주위에는 그를 후원해주겠다고 나서는 사람이 한명도 없었다. 시범 통화를 해본 뒤 루더포드 헤이즈Rutherford B. Hayes 대통령은 이렇게 말했다. "놀라운 발명품이오. 하지만 세상에 누가 이런 쓸데없는 물건을 사용하겠소?"

존 밀턴John Milton은 44세에 장님이 됐다. 16년 뒤 그는 《실락원》이라는 위대한 책을 썼고 1백만 부가 넘는 판매고를 기록했다.

전 세계인에게 사랑받던 '슈퍼맨Superman'의 주연 배우 크리스토퍼 리브Christopher Reeve는 달리는 말에서 떨어져 전신마비의 장애자가 됐다. 하지만 그는 절망하지 않고 1년 뒤 영화감독으로 데뷔했다. 그는 휠체어에 온 몸과 머리를 묶은 채 기관지 튜브를 통해 호흡을 하면서 촬영장에서 배우들에게 지시를 내렸다. 직접 몸으로 시범을 보일 수 없어 일일이 말로 설명해야 할 때 좌절감을 느끼기도 했지만, 그는 스스로를 이렇게 평가했다. "몸짓을 하지 못하니까 오히려 생각이 집중된다. 무슨 말을 해야 할지가 분명해지기 때문에 말이 예전보다 효과적으로 나오게 됐다."

더글러스 맥아더Douglas MacArthur 장군은 불굴의 의지가 없었다면 결코 권력과 명성을 얻지 못했을 것이다. 그는 웨스트 포인트 사관학교에 응시했다가 두 번이나 낙방했다. 하지만 포기하지 않고 세 번째 응시해 합격했다. 그리하여 그는 역사책 속으로 행진해 나아갔다.

웨인 그레츠키Wayne Gretzky는 17세에 이미 뛰어난 운동선수였다. 그는 하키와 축구 중에서 한 가지 운동을 선택해야만 했다. 그는 하키를 선택했다. 그가 프로 하키 팀을 찾아갔을 때 감독이 말했다. "자넨 체중이 80Kg 밖에 나가지 않아. 너무 가볍지. 하키 선수들의 평균 체중은 100킬로그램이 넘어야 하네. 자넨 여기서 살아남을 수 없어." 그레츠키는 말했다. "난 하키 퍽하키에서 공처럼 사용하는 작은 원반이 가는 곳이면 어디든지 가겠어요." 그 후 웨인 그레츠키는 수백만 달러의 계약금에 백만 달러 이상의 연봉을 받는 세계 최고의 하키 선수가 됐고 일곱 번이나 MVP에 뽑혔다.

아카데미 시상식에서 영화감독상과 각본상을 수상한 우디 알렌Woody Allen은 뉴욕 주립 대학과 뉴욕 시립 대학의 영화제작 과목에서 낙제 점수를 받았다. 또 뉴욕 주립 대학의 영어 과목에서도 낙제점을 받았다.

미국 최고의 여자 코미디언 루실 볼Lucille Ball은 1927년에 배우 수업을 받았다. 이때 존 머레이 앤더슨 드라마 학교의 지도 교수는 그녀에게 말했다. "다른 직업을 구해 보시오. 어떤 직업이라도 좋으니 제발 배우가 아닌 다른 직업을"

잉그리드 버그만Ingrid Bergman은 오디션에서 코가 너무 크고 치아가 튀어나왔기 때문에 배우에는 어울리지 않다고 혹평을 받았다. 잉그리드 버그만은 "난 내 코가 좋아요"라고 소리쳤다. 그 후 그녀는 '누구를 위하여 종은 울리나For Whom the Bell Tolls', '가스등Gaslight', '카사블랑카Casablanca'에 출연해 세계 영화팬들의 가슴에 지울 수 없는 감동을 남겼다.

1959년에 유니버셜 영화사의 책임자는 클린트 이스트우드Clint Eastwood를 해고시켰다. 책임자는 클린트 이스트우드에게 이렇게 말했다. "당신은 앞니가 하나 깨졌고, 목의 울대가 너무 많이 튀어나왔어. 게다가 당신은 너무 말을 천천히 하거든." 그 후 클린트 이스트우드는 영화 '생가죽Rawhide'으로 스타덤에 오르고 '더 굿The Good', '석양의 무법자The Bad and the Ugly', '더티 해리Dirty Harry', '용서받지 못한 자Unforgiven'에서 주연으로 활약하며 할리우드의 전설적인 배우 겸 감독이 됐다.

1944년 블루 북 모델 에이전시 회사의 책임자 에멀린 스니블리는 모델을 희망하는 노르마 진 베이커마릴린 먼로에게 말했다. "당신은 비서 일을 찾아보든지 아니면 일찌감치 결혼을 하는 게 좋겠소." 25) 1947년 20세기 폭스의 제작자 대릴 재넉은 1년 만에 마릴린 먼로Marilyn Monroe와의 계약을 파기하고 그녀를 해고했다. 그 후 마릴린 몬로는 할리우드 최고의 여배우로 성장한다. 그녀는 영화 '신사는 금발을 좋아해Gentlemen Prefer Blondes', '7년간의 욕망The Seven Year itch', '뜨거운 것이 좋아$_{Some Like It Hot}$', '불협화음$_{The misfits}$'에서 여주인공을 맡았다.

존 F. 케네디$_{John F. Kennedy}$는 코네티컷 주 켄터베리 고등학교의 축구팀 선발에서 탈락했다. 초트 아카데미 시절 라틴어 과목에서 낙제했다. 하버드 대학 재학 중에는 1학년 회장 선거에서 떨어졌다. 2학년 때는 학생회에서 아무런 직책도 맡지 못했다. 스탠포드 경영대학원에 진학했지만 졸업하지 못했다. 그 후 케네디는 1946년 하원 의원에 당선됐고, 1952년에는 상원의원으로 당선됐다. 1960년 제35대 미국 대통령에 당선됐다.

제임스 딘$_{James Dean}$은 뉴욕의 한 술집에서 접시 닦는 일을 하며 YMCA 건물에서 살았다. 그는 텔레비전 게임쇼 '정각에 일을 마쳐요$_{Beat\ The\ Clock}$'에서 스턴트를 가르쳤는데 상대방이 자기보다 잘하자 해고당했다. 1950년대 중반 제임스 딘은 방황하는 미국 젊은이들을 대변하는 대스타로 성장했다. 영화 '에덴의 동쪽$_{East of Eden}$', '이유 없는 반항$_{Rebel Without a Cause}$', '자이언트$_{Giant}$'에서 주연을 맡았다.

해리슨 포드$_{harrison Ford}$는 위스콘신 주에 있는 리폰 대학 4학년 때 철학과목에서 낙제를 했고, 학위도 받지 못했다. 콜롬비아 영화사의 한 임원은 해리슨 포드가 영화 'LA 현금 탈취 사건$_{Dead Heat on a Merry-Go-Round}$'에서 처음으로 맡았던 45초짜리 배역을 보고 이렇게 말했다. "자네는 그 배역을 소화하지 못하는군!" 해리슨 포드는 '건스모크$_{Gunsmoke}$', '버지니아인$_{The Virginian}$'에서 단역을 하다가 한동안 연기를 그만두고 목수 일을 했다. 그 후 해리슨 포드는 '스타워즈$_{Star Wars}$', '레이더스Raiders Of The Lost Ark', '패트리어트 게임Patriot Games', '도망자The Fugitive'의 주인공을 맡았고, 지금까지도 활동하는 할리우드 최고의 스타로 남아있다.[26]

> "세상에서 주목받는 인물들은 성공하기 전에 반드시
> 큰 장애물에 부딪쳤음을 역사가 증명해 준다.
> 그들은 거듭되는 실패에도 용기를 잃지 않았기 때문에
> 승리자가 될 수 있었다."
>
> B. C. 포브스

4장

흑역사를 극복하라

흑역사는 추억이다

° 좋은 추억, 나쁜 추억

추억에는 좋은 추억과 나쁜 추억이 있다. 좋은 추억을 생각하면 언제나 웃음이 나고 기분이 좋다. 나쁜 추억은 기분이 나쁘거나 마음이 아프다. 필자는 27살에 아버지를 잃었다. 아버지는 간암이었는데, 1차 수술이후 5년 만에 암이 재발해서 급성으로 돌아가셨다. 아버지가 돌아가시기 전까지 아픈 모습을 지켜봐야 했던 나의 마음은 암으로 가족을 잃은 사람이라면 잘 알 것이다. 27살의 사내 녀석이었던 그 때는 잘 몰랐다. 지나고 나서 아버지를 생각할 때마다 가슴이 찡하다.

며칠 전 어머니 집에 갔다가 아이들과 어릴 적 내 사진을 봤다. 앨범을 꺼낸 김에 아이들에게 할아버지의 모습을 좀 더 보여주고 싶어서 아버지가 월남전에 참전했던 사진과 아버지의 어린 시절 사진까지 봤다. 아이들과 함께 보는 아버지의 모습에 눈물이 날 것 같아 도중에 얼

버무리면서 앨범을 덮었다. 장례에는 '호상'이 있고 '악상'이 있다. 호상은 '복을 누리고 오랜 산 사람이 죽는 일'을 말하고, 악상은 '수명을 다 누리지 못하고 젊어서 죽은 사람의 일'을 의미한다. 보통 사고로 죽거나 병으로 죽은 장례를 '악상'이라고 한다. 내 아버지는 악상이었다. 악상을 지낸 사람은 항상 가슴 한쪽이 뚫린 것 같다.

호상이던지 악상이던지 어쨌든 그것도 추억이다. 아버지와 나와의 추억이 그렇듯이. 추억은 지나간 일을 돌이켜 생각하는 것이다. 추억은 좋은 것만 있지 않다. 여기 전 세계 사람들에게 나쁜 추억으로 기억될 큰 사건이 있다.

° 추억은 교훈이 된다

미국은 우주왕복선 프로그램으로 총 5기의 스페이스 셔틀Space Shuttle, 우주왕복선을 제작했다. 컬럼비아호, 챌린저호, 디스커버리호, 아틀란티스호, 엔덴버호가 순서대로 제작됐다. 스페이스셔틀 제작 이전에 한 기의 스페이스 셔틀이 더 있었다. 엔터프라이즈호가 그 주인공인데, 우주로 비행을 할 수 없는 테스트 목적의 스페이스 셔틀이었다. 원래 이 스페이스 셔틀은 미국 헌법 200주년을 기념해 컨스티튜션Constitution, 헌법호가 될 예정이었지만 영화 '스타 트랙Star trek' 팬들의 성화 끝에 엔터프라이즈호가 됐다. 엔터프라이즈는 스타 트랙에 나오는 우주선의 이름이다.

챌린저호는 컬럼비아호에 이어 두 번째 제작된 스페이스 셔틀이지만 탄생 비화가 있다. 처음 챌린저호는 엔터프라이즈호와 마찬가지로 테스트용 셔틀로 제작됐다. 챌린저호는 록웰Rockwell International에서 1975년에 제작했다. 1978년 4월 2일 셔틀 구조 시험을 록히드 마틴Lockheed Martin에서 했다. 당시 컴퓨터 성능으로는 챌린저호의 비행 시뮬레이션을 계산하기 어려웠기 때문이다.

1979년 NASA는 록웰사에게 실험용 스페이스 셔틀인 챌린저호를 실제 스페이스 셔틀로 개조해 달라고 요구했다. 챌린저호는 개조 작업에 다시 수년이 소요됐다. 록웰사는 챌린저호의 날개를 강화하고, 시뮬레이션용 모형 좌석 대신 실제 조종석을 장착시켰다. 개조 작업은 1981년 10월 23일에 완료됐다.

1986년 1월 22일 챌린저호는 10번째 임무를 수행하기 위해 케네디 우주센터에서 발사를 기다렸다. 하지만 콜럼비아호의 발사와 겹치는 바람에 1월 23일로 연기됐다가 다시 1월 24일로 연기됐다. 1월 24일 당일 착륙 예정지의 날씨가 좋지 않아 1월 25일로 연기됐다. 1월 25일은 케네디 우주센터의 날씨가 좋지 않아 1월 27일 9시 53분으로 미뤘다. 또 추가 정비사항이 생기면서 1월 28일로 연기했다. 그런데 1월 28일은 너무 추운 날씨였다. 나사의 전문가들은 1월 28일도 너무 추워서 위험하다고 했지만 NASA는 더 미룰 수 없었다.

1986년 1월 28일 발사 당일, 발사 허가가 떨어지기 전에 NASA는 회의를 열었다. 이 회의에서 스페이스 셔틀 고체 로켓 부스터를 설계하고 제작한 모든 치오콜사의 경험 많은 SRBSolid Rocket Booster, 고체 로켓 부스터 O링고무 패킹 기술자는 발사를 취소하거나 일정을 조정해달라고 여러 번 요청했다. 그는 매우 낮은 온도가 O링을 얼게 해서 제 역할을 하지 못할 것이라고 주장했다. 그러나 NASA와 모든 치오콜사의 임원들은 더 이상 챌린저호의 발사를 미룰 수 없어서 그의 말을 무시하고 발사를 허가했다. 결국 챌린저호는 전 세계인들이 TV로 지켜보는 가운데 발사 후 73초 만에 폭발했다. 탑승자 7명 전원이 죽었다.

챌린저 스페이스 셔틀은 고체 로켓 부스터의 O링이 영하의 온도 때문에 탄력성이 부족해졌고, 발사 후 그 틈으로 새어나온 고온과 고압의 연료에 불이 붙었다. 고체 로켓 부스터는 발사 후 2분 뒤에 분리되므로 그대로 2분만 버텨주었으면 챌린저호는 무사히 발사될 수도 있었다. 하지만 고체 연료 부스터의 불꽃이 외부연료탱크 아래쪽에 들어 있는 액체수소 연료로 옮겨 붙으면서 폭발했다. 이로 인해 발생한 고온, 고압의 연기 속에서 챌린저호 본체가 압력을 이기지 못하여 그대로 공중분해되는 일이 발생하고 말았다.

챌린저호는 10번째의 임무 말고도 또 하나의 기록을 가질 예정이었다. 그것은 스페이스 셔틀 역사상 처음으로 민간인을 우주로 보내는 것이었다. NASA는 이번 임무에 교사를 뽑아 우주에서 수업을 할 계획이었다. 만 명이 넘는 교사가 이번 프로젝트에 지원했고 NASA는 2명을 뽑았다. 그 두 명 중 크리스티나 매컬리프가 선발되어 챌린저호에 탑승했다. 안타깝게도 챌린저호 폭발로 매컬리프도 목숨을 잃었다.[27]

챌린저호 폭발 사고는 미국 스페이스 프로그램을 대대적으로 수정하는 결과를 가져왔다. 사고 이후 더 이상 스페이스 셔틀을 이용해 인공위성을 발사하지 않게 됐다. 모든 인공위성은 로켓을 이용해 발사했다. 인공위성 수리와 같은 위험한 임무도 우주인들이 수행하지 않게 됐다. 스페이스 셔틀에 탈출 시스템을 도입하고 다른 위험 요소가 없는지 세밀하게 체크했다. 발사 실패 경고를 무시한 NASA의 발사명령 팀에 대한 문제도 지적이 되어 조직 문화의 개편이 이루어졌다.

챌린저호 폭발 사고 이후 스페이스 셔틀의 비행이 전면 중지됐다. 비행이 재개된 것은 약 2년 8개월 뒤에 디스커버리호였다. 사고 이후 희생자들의 이름을 딴 학교, 도로, 건물이 생겨났고, 달의 크레이터와 소행성에도 희생자들의 이름이 붙여졌다. 특히 학자 출신인 맥네어와 교사 출신인 매컬리프의 이름을 따서 개명된 학교가 많았다. 챌린저호 승무원들의 유족이 중심이 되어 비영리 교육재단인 챌린저 재단이 설립됐다. 이 재단은 미국 내외에서 약 60여 개소의 우주 과학에 대한 교육센터를 운영하고 있다. 그 중 미국 국외에는 3개소의 교육센터가 운영되고 있는데, 그 중 하나가 양주시에 위치한 송암천문대다.[28]

지금 청춘들은 챌린저호의 사고에 대해서 잘 모를 것이다. 사실 나도 어릴 때 일어난 사고라 직접 보지는 못했지만 워낙 큰 사고였기 때문에 이후에도 방송이나 신문에 기사가 나와서 알게 됐다. 미국 NASA는 최고라는 명예를 가지고 있었지만 관료주의와 성과주의에 쫓기고 있었다. 그로 인해 챌린저호는 NASA의 흑역사가 됐고 지울 수 없는 아픈 추억이 됐다. 이 사고는 챌린저호의 승무원 가족, 미국인들뿐만 아니라 전 세계인에게 나쁜 추억이 됐다. 다행히 미국 정부와 NASA는 이 흑역사를 받아들였고 발전시켰다. 기술과 성과가 우선이 아니라 인간의 생명이 우선이라는 것을 정착시켰다.

흑역사는 추억이다. 비록 흑역사 자체가 나쁜 추억의 의미로 포장되어 있지만 우리에게는 앞으로 나아갈 수 있는 힘이다. 미국 내에서 챌린저호 희생자들의 이름을 딴 학교, 도로와 건물이 있고, 희생자 가족들이 재단을 만들어서 우주 과학에 대해 교육하는 이유는 자신들이 범한 흑역사를 기억하고 발전시키기 위한 것이다.

흑역사를 연구하라

° 데이터베이스Database

앞에서 흑역사는 추억이라고 했다. 추억에는 좋은 추억과 나쁜 추억이 있다. 우리는 좋은 추억은 쉽게 잊어도 나쁜 추억은 쉽게 잊을 수 없다. 우리의 흑역사는 좋은 추억과 나쁜 추억 양면을 모두 가지고 있지만 흑역사는 단지 추억이 아니다. 흑역사는 우리가 지금 살아가는 방향을 제시하거나 1년 뒤 가야할 바를 지시하는 내비게이션 같은 것이다.

10년 전 찍은 사진을 10장만 꺼내놓고 유심히 바라보자. 아니 유심히 볼 필요도 없다. 1초 안에 10장을 빠르게 보자. 지금의 모습과 많이 다를 것이다. 상당히 유치한 옷과 헤어스타일을 하고 있다. 지금의 내 모습이 훨씬 우아하다. 흑역사는 추억이지만 과거의 나와 지금의 나를 비교할 수 있고, 지금의 나와 10년 후의 나를 비교할 수 있다. 흑역사가 부끄러워 완전히 기억 속에서 지워버렸다면 내 미래는 어떻게 될까? 부끄럽지만 내 흑역사를 완전히 파헤치고 연구해서 고쳐야 할 점을 찾았거나 미래의 사업 아이템을 찾았다면 내 미래는 어떻게 될까? 답은 너무 뻔해서 하지 않겠다.

일본의 마에다 건설공업은 오늘날 댐 건설로 실적을 자랑하는 중대형 종합건설사가 됐다. 하지만 1970년대에는 계속되는 사망 사고로 문을 닫을 위기에 직면했던 적이 있었다. 1978년 야마가타 현 터널 공사 현장에서 가스가 폭발해 직원 9명이 사망했다. 1979년에는 신칸센 오시미즈 터널 굴삭 현장에서 화재가 발생해 16명이 사망했다. 오시미즈 터널 사고는 터널 관통 작업에서 사용했던 점보드릴을 강제로 해체하던 중 가스 용접의 불꽃이 옮겨 붙어 대형 화재가 발생했던 것이다. 또 다른 공사에서도 문제가 연속으로 발생하면서 '좋은 결과를 내놓아 고객의 신뢰를 얻자.'는 회사의 신조가 크게 흔들렸다.

마에다 건설공업은 본격적인 혁신에 나섰다. 회사는 그때까지 경험, 감, 담력을 앞세워 일했던 현장을 대상으로 사고가 더 이상 발생하지 않는데도 '위험하다'고 느낄 때까지 원인을 규명해서 사고 원인을 찾아냈다. 마에다 건설공업은 오시미즈 터널 사고를 재현한 안전 교육용 비디오를 만들었다. 경리, 인사, 영업에도 개혁을 진행해서 안전 관리를 철저하게 했다. 이 같은 사고방식은 회사의 사장 마에다 마타베에가 평소 입버릇처럼 주장해오던 위기관리 방식이었다. 그는 "같은 가치관과 정보를 공유해서 누구나 자기 책임으로 자신의 인생을 이끌어가는 인재를 육성하는 것이 최고경영자의 책임이다."라고 말했다. 이런 노력으로 마에다 건설공업은 일본의 중대형 건설회사가 됐다.

일본의 요시노야는 쇠고기덮밥집이다. 구멍가게였던 요시노야가 전국 체인망을 시작한 것은 1973년이다. 이때부터 5년 뒤인 1978년에는 프랜차이즈를 포함해 일본 전역에 200개의 점포를 여는 규모로 성장했다. 그러나 불과 2년 후에 요시노야는 망했다. 급격한 점포 확대로 쇠고기의 필요량이 급증하면서 재료값이 치솟았다. 재료값이 비싸지자 원가가 싼 냉동 쇠고기를 식재료로 투입해 손실을 맞추려고 했던 것이 망하는 길이 됐다. 냉동 쇠고기를 사용해서 맛이 떨어지고, 가격도 300엔에서 350엔으로 인상되자 고객들은 급격히 떨어져나갔다. 하지만 요시노야는 1년 만에 흑자로 전환해 1987년에는 채무를 모두 상환하고, 1990년에는 증권시장에 주식을 상장했다.

이 같은 V자형 회복을 주도한 것은 아르바이트에서 시작해 사장이 된 아베 슈지였다. 아베는 자신의 책 《요시노야의 경제학》에서 이렇게 밝혔다. "회사의 도산으로 정말 중요한 것들을 공부했다. 그 실패 데이터베이스는 지금도 소중하게 간직하고 있다. 우리는 실패 원인을 파악할 수 있었고 그런 원인이 보이게 되면 사업을 확대하지 않는다는 원칙을 정했다. 물론 아무리 잘 준비해서 대처해도 반드시 성공한다는 보장은 없다. 그래도 실패의 조건에 대해서만큼은 100% 완벽하게 공부했다고 생각한다."[29]

마에다 건설공업은 인명 피해라는 큰 실수를 만회하기 위해 '위험'

을 연구하고 또 연구했다. 연구를 통해 공사 현장에서 일하는 모든 사람이 위험의 전문가가 되게 했다. 맞다. 위험은 모든 사람이 공감하고 지킬 때 안전하게 된다. 그 위험을 소홀히 하고 무시하면 단 한 사람으로 인해 대형사고로 이어지는 것이다. 위험이라는 흑역사는 반드시 기록하고 연구해야 할 대상이다.

요시노야는 약 5년 정도 적자로 어려움을 겪었다. 헤어 나오지 못하는 늪으로 계속 빠져들었다. 한 번 손님이 외면한 식당은 재기하기가 쉽지 않다. 정말 어렵다. 게다가 맛도 없고 가격도 맘에 안 들면 더욱 그렇다. 기업은 한 번 적자가 나면 적자를 메꾸기 위해 필사적으로 노력하지만 거의 불가능하다. 가정 경제도 마찬가지다. 허리띠를 졸라매도 돌파구가 잘 보이지 않는다. 이럴 때 필요한 것이 기업은 필요 없는 지출을 줄이고 예전의 모습으로 변신하는 것, 가정에서는 가계부를 열고 지출을 줄이는 것이다. 안 먹고 안 입고 안 쓰는 것이다.

요시노야는 지난 실패 데이터베이스를 소중하게 간직하고 있다. 그 자료가 지금의 요시노야를 만들었고 앞으로도 만들 것이다. 흑역사는 기록으로 남겨 연구할 충분한 가치가 있는 자료다. 아베 슈지가 "실패 조건에 대해 100% 완벽하게 공부했다"는 것은 우리가 흑역사는 반드시 연구해야 된다는 증거다.

과거의 흑역사를 두려워마라. 오늘의 흑역사를 걱정하지 마라. 오늘까지의 흑역사를 공책이나 문서로 작성해라. 필자는 개인 블로그에 지금까지의 인생 흑역사를 기록했고 지금도 기록하고 있다. 그 때 왜 그런 일이 있었는지, 나쁜 결과가 나왔는데 바꿀 수는 없었는지, 지금 이런 일이 일어난다면 어떻게 해야 되는지 연구한다. 이 연구가 없었다면 지금의 나는 이 자리에 없었다. 이 책도 쓰지 못했다. 흑역사는 연구 대상이다. 옆에 있는 친구를 연구하지 말고 당신의 흑역사를 지금 연구하라. 지난 20~30년의 흑역사를 하나씩 기록하고 변할 점과 인생 혁명을 할 수 있는 방법을 만들어내라. 몇 달 지나면 변해 있는 자신을 발견할 것이다. 당신은 할 수 있다. 당신은 특별하다.

모든 일에 감사하라

° 유느님의 과거

당신이 좋아하는 코미디언이 몇 명 있을 것이다. 필자는 그중 한 명이 누군지 맞출 수 있다. 아마, 거의 확실히 유재석일 것이다. 유재석은 남녀노소 연령 불문하고 누구나 좋아한다. 그는 이 시대 최고의 MC이며, 웃기고 겸손하며, 동료를 배려하는 사람으로 알려져 있다. 텔레비전에 나오는 그의 모습은 언제나 단정하고 열심히 한다. 그의 인기 비결은 방송에 보이는 성품에서 나온다고 해도 과언이 아니다. 유재석은 처음부터 이런 사람이었을까? 아마 유재석과 동시대에 살았던 40대가 아니라면 그의 과거를 잘 모를 것이다.

유재석은 어릴 때부터 남달리 웃기는 아이였다. 반에서 오락부장이었고 고등학생 때는 방송 출연도 했다. 그는 자신이 다른 사람을 웃기는 능력만큼은 최고라고 생각했다. 그 능력으로 코미디언이 되기 위해

서울예술대학 방송연예학과에 들어갔다. 그리고 바로 '대학개그제'에 출전했다.

유재석은 이 대회에서 자신만만했다. 그는 자신이 이 대회에서 대상을 타는 것은 당연하다고 생각했다. 나중에 그의 말에 의하면 이 당시부터 자신은 건방지고 오만했다고 한다. 이렇게 건방지고 오만했던 유재석은 불행인지 다행인지 대상이 아닌 장려상을 받았다. 장려상으로 그의 이름이 불리어졌을 때 유재석은 한 손은 주머니에 넣고 한 손은 귀를 파면서 무대로 내려갔다. 이 행동은 '내가 왜 장려상이야? 내가 잘못 들었나?' 하면서 자신의 불만을 표현한 것이다. 하지만 유재석은 그 모습이 방송으로 나가고 있는지 몰랐고 그 행동이 앞으로 어떤 일을 일으킬지 전혀 몰랐다. 유재석은 그냥 자신이 최고라고 생각했다.

유재석이 장려상을 받고 처음 방송국에 갔을 때, 이미 그는 선배들에게 나쁘게 찍혀있었다. 선배들은 "네가 장려상 받으면서 한 손은 주머니에 넣고 한 손으로 귀를 후볐던 유재석이냐? 건방지구나."라는 말을 들었다. 많은 선배들이 유재석을 좋아하지 않았고 코미디언으로 인정하지 않았다. 유재석은 선배들이 인정하지 않더라도 자신만 잘하면 된다고 생각했지만, 이때부터 그가 맡는 배역은 잠깐 나왔다 사라지는 대사도 없는 역할이었다. 어렵게 얻은 리포터 자리에서는 멘트를 반복해서 실수하고 외우지를 못해서 결국 잘렸다. 이때 유재석은 자신이 카메라 울렁증과 무대 공포증이 있다는 사실을 처음 알게 됐다. 최고의 코미디언이 되겠다고 생각했던 사람이 카메라 울렁증과 무대 공포증이라니, 이런 반전이 어디 있겠는가?

　이후에도 유재석이 할 수 있었던 것은 동물이나 곤충의 탈을 쓰고 나와서 지나가는 역할 밖에는 할 수 없었다. 유재석은 훗날 이 탈을 쓰는 것이 죽기보다 싫었다고 한다. 그렇게 데뷔 초기 방송 생활은 건방진 행동과 오만, 실수, 카메라 울렁증과 무대 공포증으로 엉망진창이 됐고 유재석은 주춤했다. 그의 동기들과 후배들은 방송에서 끼를 보이며 승승장구 하는데 유재석은 무명 생활이 점점 길어지게 됐다. 그의 대학개그제 동기는 남희석, 박수홍, 김수용, 최승경, 김국진, 양원경이고 학교 동기는 김원준, 군대 동기는 이정재였다. 방송에 나오는 그들을 보면서 유재석이 어떤 생각을 했을지 상상해보라. 많이 씁쓸했을 것이다. 그런 그에게 한 방송국 PD는 "넌 C급이야"라고 평가했고 유재석은 이 말 또한 견디어야 했다.

　유재석은 이렇게 절망 속에 있었다. 자신의 끼를 보이지도 못하고 매일 아침에 고통스럽게 눈을 떴다. 코미디언을 포기할까 수없이 고민했다. 나보다 잘 나가는 다른 사람들을 보며 시기와 질투로 괴로웠다. 다행히 유재석은 괴로움과 질투에만 빠져있지는 않았다. 그는 매일 밤 간절히 기도하고 다짐했다. 주변의 많은 사람들이 인기를 얻고 쉽게 변하는 모습을 보고 "나는 싸구려가 되지 않겠습니다. 나는 변함없이 겸손하게 일하겠습니다. 제발 저에게 단 한번만 기회를 주세요. 항상 겸손하고 노력하는 모습을 보여드리겠습니다."라고 기도했다.

　유재석은 8년 동안 세상에 대한 불만, 시기와 질투, 자신의 한계에 빠져있던 자신의 생각을 바꾸기 시작했다. 그는 자신이 가진 모든 것에 대해 감사하고 행복을 느끼기 시작했다. 매일 감사하며 일상을 행복하게 지냈다. 놀랍게도 그 순간부터 일이 잘 풀리기 시작했다. 유재석은 이때부터 달라지기 시작했다. 그렇게 하기 싫었던 곤충 탈도 기쁘게 쓰기 시작했다. '자유선언 토요일 60년을 이어라'에서 스스로 메뚜기 탈을 쓰고 진행하며 큰 화제가 됐다. 이 프로그램을 통해 유재석은 '메뚜기'라는 별명을 처음 얻었다.

성실히 일하던 유재석에게 드디어 큰 기회가 찾아왔다. '스타 서바이벌 동거동락'의 메인 MC로 발탁된 것이다. 유재석은 당시 평범한 인지도를 가지고 있었는데 배우 최진실의 강력한 응원과 추천으로 메인 MC가 됐다. 이 프로그램으로 유재석은 2000년 MBC 연예대상 MC 부문 특별상을 수상했다. 이때부터 유재석의 시대가 열렸다. 그는 각 방송국의 예능 프로그램 메인 MC를 맡았고 무한도전을 통해 최고의 스타가 됐다.

° 흑역사에 감사하라

요즘도 유재석은 자신이 기도한대로 항상 겸손하고 노력하는 모습을 보여주고 있다. 체력을 위해 담배를 끊고 운동을 한다. 비가 많이 오는 날에는 구설수에 오르지 않기 위해 외출도 자제한다. 겸손하기 위해 남을 배려하고, 자만과 오만에 빠지지 않기 위해 자기 얘기를 말하기보다는 남의 얘기를 많이 듣는다. 유재석은 동기와 후배들보다 8년이라는 시간을 늦게 출발했지만 그 시간 동안 스스로를 발전시키며 자신의 분야에서 신뢰받는 사람이 됐다.

유재석의 흑역사는 무려 8년이다. 8년 동안 잘 나가는 동기와 후배를 보면서 참고 참아야 했다. 자신의 처지는 항상 단역이었고 카메라와 무대 울렁증으로 성공의 대열에 설 수 없었다. 상상해보라. 8년 동안 아무 발전도 없이 그 자리에서 벗어날 수 없는 상태, 당신이라면 참을 수 있겠는가? 유재석이 8년 동안 참을 수 있었던 것은 결국 그의 의지가 대단한 것이라 할 수 있다. 그가 흑역사를 인정하고 감사와 행복을 찾았을 때 흑역사는 빛나는 역사로 바뀌었다.

감사는 실패와 좌절, 고통과 고난, 슬픔과 걱정을 사라지게 한다. 많은 사람이 감사의 비밀을 잘 모르고 있다. 잘 모르지만 알고 있다고 우긴다. 그 비밀을 안다고 해도 입으로 고백한 사람은 드물다. 감사는 모든 일을 긍정으로 바꾼다. 시험에 떨어졌어도 감사해보자. 그러면 다음 시험을 위해 더 열심히 공부하게 된다. 교통사고가 나서 차가 찌그러졌어도 감사해보자. 내 몸은 다치지 않고 직장에 나가서 돈을 벌수 있으니 정말 다행이다. 잔소리 하는 아내가 있어도 감사해보자. 그러면 밥 차리는 일이 얼마나 힘든지 알게 될 것이다.

필자는 얼마 전 사업이 어려워져서 큰 어려움에 처했다. 기본적인 공과금도 내지 못할 정도니 대충 어느 정도였는지 짐작할 것이다. 그런 상황에 처해 본 사람은 안다. 지금 이 상황이 완전히 실패하고 벗어날 수 없는 상황이라는 것을. 그 상황에서 벗어나기 위해 애쓰지만 벗어날 수 없어서 좌절한다는 것을. 그 상황에서는 절대 감사할 수 없다는 것을. 하지만 난 '감사'를 선택했다. 모든 상황을 감사했다. 공과금을 못내도 전기가 들어와서 감사, 물이 나오고 샤워를 해서 감사, 가스가 안 끊기고 밥 먹을 수 있어서 감사, 버스를 타고 다닐 돈이라도 있어서 감사, 아이들이 학교에 다닐 수 있어서 감사, 모든 것을 감사했다. 생각만 한 것이 아니다. 입으로 '감사합니다.'라고 소리내어 말했다.

'감사합니다'의 단어는 우리가 어떤 상황에 처할지라도 이겨낼 수 있는 마음의 안정과 생각의 평안을 준다. '감사합니다' 뿐만 아니라 긍정의 말은 사람을 변화시키고 대상을 변화시킨다. 내가 입으로 소리내어 말한 언어는 내 뇌에 직접적으로 들어와 움직인다. '감사합니다. 행복합니다.'라고 말하면 뇌는 거짓말과 진실을 구별하지 못하기 때문에 정말 감사하고 행복하다고 판단한다. 결국 뇌는 몸에 감사와 행복의 감정을 전달한다.

흑역사에 감사하자. 흑역사가 없다면 지금의 당신, 지금의 나는 이자리에 있지 못했다. 흑역사에 감사한 사람만 빛나는 역사의 자리로 갈 수 있다. 반대로 흑역사에 감사하지 않고 불평과 불만으로 일관하면, 8년 동안 무명의 자리에 있었던 유재석의 모습처럼 세상을 원망하고 시기와 질투 속에서 벗어나지 못할 것이다. 필자는 당신이 그런 자리에 머물기를 원하지 않는다. 지금 바로 자신이 처한 상황을 하나씩 생각하며 감사하자. 반드시 흑역사를 통과할 것이다.

마지막으로 8년 동안의 흑역사에서 힘을 얻은 유재석의 소통 법칙

10가지를 소개한다. 그의 경험이 당신에게도 큰 힘이 될 것이다.

유재석의 소통 법칙 10가지

1. 앞에서 할 수 없는 말은 뒤에서도 하지마라.

2. 말을 독점하면 적이 많아진다. 적게 말하고 많이 들어라.

3. 목소리 톤이 높아질수록 뜻은 왜곡된다.

4. 귀를 춤추게 하지 말고 가슴을 흔드는 말을 해라.

5. 내가 하고 싶은 말보다 상대방이 듣고 싶은 말을 해라.

6. 칭찬에 발이 달렸다면 험담에는 날개가 달려있다.

7. 뻔한 이야기보다는 펀 fun한 이야기를 해라.

8. 말을 혀로만 하지 말고 눈과 표정으로 말해라.

9. 입술의 30초가 마음의 30년이 된다.

10. 혀를 다스리는 것은 나지만 내뱉어진 말은 나를 다스린다.

도전과 모험을 하라

° 망설이지 말자

얼마 전 필자는 유튜브Youtube 채널을 만들었다. 1인 크리에이터가 되기 위해 도전한 것이다. TV도 잘 보지 않는 내가 웹툰을 보기 시작하고 유튜브를 통해 많은 정보를 얻고 있다. 아프리카 TV가 1인 미디어 시대를 여는 도구라는 것은 익히 알고 있었지만 유튜브에도 그런 일이 있는지는 사실 잘 몰랐다. 인기 있는 유튜버Youtuber를 검색하고 그들에 대해서 연구했다. 실시간 방송은 어떻게 하는지, 어떤 말을 하는지, 어떤 컨텐츠Contents, 내용물를 가지고 팬들과 소통하는지를 봤다. 1인 크리에이터 중에 가장 유명한 대도서관의 책도 사서 읽고 유튜브 방송을 준비했다.

그런데 필자도 도전과 모험에 약한 사람이었다. 채널을 만들고 , 컨텐츠를 정하고, 영상 작업할 프로그램과 조명까지 샀는데 정작 방송을 할 용기가 나지 않았다. "이거 내가 꼭 해야 되나?", "잘 할 수 있을까?", "괜히 얼굴만 팔리는 거 아닐까?", "이거 해서 나한테 무슨 이득이 있을 까?" 매일 고민했다. 그렇게 일주일을 고민만 하다가 시간을 보냈다. 아무리 고민해도 답이 나오지 않았다. 대도서관, 벤쯔, 씬님, 윰댕 같은 1인 크리에이터는 이미 구독자 100만 명이 넘고 조회수 1억이 넘었 는데 난 이제 시작해도 늦었다는 생각이 들었다. 포기할까 고민하다가 갑자기 반대로 생각했다. "100만명? 1억 뷰? 지금부터 시작해도 늦지 않았다. 지금 시작해서 몇 년 안에 그들을 따라잡아야겠다. 난 할 수 있 다." 결국 고민을 그만하고 촬영을 시작했다.

역시 첫 번째 촬영은 말이 꼬이고, 표정도 어색하고, 장난이 아니었 다. 하지만 두 편의 영상을 촬영하고 편집해서 유튜브에 올렸다. 해냈 다는 성취감이 들었다. 비록 아직 구독자도 없고 보는 사람도 없지만 도전과 모험을 했다는 생각에 내가 한 단계 업그레이드 된 순간이다. 앞으로 계속 좋은 영상을 만들어서 많은 청춘들이 비전을 찾고 성취할 수 있도록 하고, 흑역사에 눌러 앉아 있는 청춘들을 빛나는 역사로 옮 겨오도록 할 것이다. 자극적인 영상은 누구나 만들 수 있고 많은 사람 이 구독할 수 있다. 필자가 원하는 영상은 잠깐 휴식을 취하면서 웃을 수 있는 컨텐츠가 아니라 인생을 바꿀 수 있는 영상을 제작 중이다.

° 바로 실천한다

필자와는 전혀 다르게 도전과 모험을 즉시 실천한 사람이 있다. 그는 미국 역사상 가장 뛰어난 세일즈맨 중 한 사람이고 '세일즈 세계 챔피언'이라는 명성도 얻었다. 그는 한 신문사의 사무국 직원이었다. 그는 무척 내성적인 젊은이였다. 인생의 무대에서 전면에 나서거나 앞자리에 앉지 못하고, 항상 뒷문 가까이 혹은 객석의 마지막 자리에서 서성이는 그런 종류의 사람이었다. 어느 날 그는 '자기 확신'에 대한 강연을 듣게 됐다. 그는 이 강연에 깊은 감명을 받았고, 이전까지 그가 지내왔던 삶의 방식에서 벗어나야겠다는 확고한 결심을 가지고 강연장을 빠져나왔다.

그는 신문사의 경영 간부에게 능력에 따른 인센티브를 받는 조건으로 광고를 따내는 자리를 달라고 했다. 모두가 알듯이 영업 분야는 가장 적극적인 성격이 필요하다. 사무실 직원들은 평소 그의 소심한 성격에 비추어 보아 분명히 실패할 것이라고 믿었다. 그는 그들의 생각을 무시하고 사무실로 돌아가서 광고를 따내기 위한 잠재고객의 명단을 작성했다. 사람들은 그 명단의 고객들이 최소한의 노력을 들여서 쉽게 광고를 실을 수 있는 광고주일 거라고 생각했다. 하지만 그렇지 않았다. 그는 오히려 기존의 광고부 직원이 광고를 따내지 못한 사람들의 이름만 골라 명단을 작성했다. 그 인원은 모두 12명이었다.

그는 방문을 시작하기 전에 공원에 가서 12명의 이름이 적힌 종이를 꺼내 100번을 소리 내어 읽고 자신에게 주문을 걸었다. "당신은 이

달이 끝나기 전에 우리 신문에 광고를 실을 것입니다." 그런 후 그는 고객들에게 방문을 시작했다. 그는 방문을 시작한 첫 번째 날 그 '불가능한' 12명 중 3명으로부터 광고지면을 팔고 하루를 마감했다. 그 주가 가기 전 2명에게 추가로 광고지면을 팔았다. 월말이 되었을 때는 12명 가운데 11명에게 광고지면을 판매했다.

그런데 다음 달에는 한 건의 실적도 올릴 수 없었다. 그는 가장 완고한 고객을 제외한 나머지 고객에게는 전혀 방문하지 않았다. 오직 가장 완고한 고객에게만 방문했다. 그는 아침마다 이 고객에게 전화를 걸어 상담을 요청했고, 그때마다 'No'라는 문적박대를 당해야만 했다. 그 완고한 고객은 자신이 광고를 싣지 않을 것이라는 점을 잘 알고 있었지만, 이 젊은이는 이러한 사실을 모르는 듯했다. 고객이 '싫다'고 했을 때 젊은이는 이 말을 듣지 않았다. 그 달의 마지막 날, 끈질긴 젊은이에게 연속해서 30번을 거절한 이 고객은 다음과 같이 말했다. "이봐, 젊은이! 하나 물어보지. 자네는 나한테 광고를 따내려고 자그마치 한 달을 허비했는데, 도대체 왜 그렇게 시간 낭비를 한 건가?" 그러자 그 젊은이는 이렇게 대답했다. "저는 시간을 허비한 게 아닙니다. 저는 매일 등교를 하는 학생이었고 당신은 저의 선생님이었습니다. 저는 이제 고객이 광고를 싣지 않기 위해 주장하는 모든 논리를 알게 됐을 뿐만 아니라, 저는 자기 확신을 길러낼 수 있었습니다." 그러자 고객은 그에게 "나도 하나 고백하자면, 사실 나도 그 동안 학교를 다니는 학생과도 같았고 자네는 나의 선생이었지. 자네는 돈보다 값진 끈기를 가르쳐 주었으니 내가 이것에 대한 보답으로 수업료를 내지. 자네에게 광고를 맡기겠네."라고 말했다.

바로 이런 식으로 해서 미국 역사상 가장 뛰어난 광고 섭외가가 필라델피아의 '노스 아메리카North America's'지에서 탄생하게 된 것이다. 이때부터 이 젊은이는 명성을 얻게 됐고 결국 백만장자 대열에 들어서게 됐다. 30)

필자가 미국인이 아니어서 그의 이름을 찾아내지는 못했다. 아무리 검색을 해도 그의 존재를 알 수가 없다. 하지만 그가 실존 인물이고 그의 도전과 모험은 사실이다. 그가 도전한 일은 그 누구도 생각하지 못한 일이다. 나 같아도 광고 지면이 잘 팔릴만한 사람을 맨 앞에, 가장 잘 안 팔릴 사람을 맨 뒤에 붙일 것이다. 하지만 세일즈 세계 챔피언은 정반대로 했다. 가장 어려운 12명만 공략한 것이다. 어떻게 이런 생각을 했을까? 필자 생각에는 우리의 챔피언은 인생 혁명을 하고 싶었던 것 같다. 항상 맨 뒤에서 맴돌던 자신의 성격과 사고를 변화시키기 위한 인생 혁명, 그 혁명을 위해 남들과 다르게 반대로 생각한 것이다. 나처럼 유튜브 방송을 위해 고민만 일주일 하는 것이 아니라 바로 실행에 옮기는 결단력도 보여줬다. 우리의 챔피언은 자신의 성품에 대한 흑역사를 한 강연을 통해 깨닫고 진정한 도전과 모험을 시작했다.

흑역사를 나의 힘으로 바꾸고 인생 혁명을 하고 싶다면 지금 당장 도전하자. 필자처럼 1인 크리에이터가 되고 싶다면 지금 당장 도전하

라. 대도서관은 '아직도 늦지 않았다'고 말한다. 지금도 1인 크리에이터의 시장은 넓고 한계가 없다고 한다. 꼭 해보라고 우리를 격려한다. 필자도 그의 말에 격려를 받고 도전했다. 당신도 할 수 있다. 흑역사는 지나간 과거일 뿐이다. 생각한 것을 행동으로 옮기지 못하는 사람들을 위해 팁을 알려주겠다. 스카이다이빙에 도전해라. 가격이 비싸기는 하지만 인생 혁명을 위해 충분히 지불할 만하다. 스카이다이빙 한 번 해보면 이렇게 말 할 것이다. "내가 이것도 했는데 앞으로 살면서 못 할게 뭐가 있어!"

습관을 바꿔라

° 좋은 습관, 나쁜 습관

사람은 누구나 흑역사를 만드는 습관이 있다. 바꿔 말하면 좋지 않은 습관이 실패를 부른다는 것이다. 당연한 말을 어렵게 하는 것 같아 미안하다. 나도 알고 너도 알고, 미국 사람도 알고 프랑스 사람도 알고, 케냐 사람도 알고 멕시코 사람도 아는 것이 나쁜 습관은 실패를 부른다는 것이다. 그런데 왜 나쁜 습관을 버리지 못하는 것일까?

나쁜 습관의 예를 들어보자. 밤늦게 자고 늦게 일어나는 것, 매우 나쁜 습관이다. 성공한 사람치고 늦게 자고 늦게 일어난 사람이 없다. 무절제하게 많이 먹고 운동 안 하는 것, 나쁜 습관이다. 비만과 함께 많은 병이 올 수 있다. 매일 술 마시는 것, 정말 나쁜 습관이다. 일주일에 하루라도 술을 안 먹으면 전화번호를 뒤져서 친구에게 전화를 하고 싶지 않은가? 그렇다면 당신은 알코올 중독이다. 습관적으로 야동을 보는 것, 나쁜 습관이다. 조심해라. 모든 여자가 야동 배우로 보일 수 있다. 매일 2시간 이상 게임하는 것, 나쁜 습관이다. 프로 게이머나 유튜브 게임 방송을 하는 것이 아니면 게임 중독이다.

　나쁜 습관은 곧 흑역사를 만든다. 아니 만들 수밖에 없다. 인생 혁명을 하고 싶다면 습관을 바꿔야 한다. 흑역사를 빛나는 역사로 바꾸고 싶다면 나쁜 습관을 버려야 한다. 그럼 어떻게 습관을 고칠 수 있을까? 방법은 없다. 미안하지만 습관을 고칠 수 있는 방법은 없다. 당신도 많이 해봐서 알 것이다. 하지만 실망하지 말자. 습관을 고칠 수 없다면 다른 습관을 만들어서 이전 습관을 못하도록 만들면 된다.

　어떤 습관을 만들어야 이전 습관을 하지 못할까? 당신은 다음 세 가지의 습관을 만들면 이전 습관을 할 시간이 없을 것이다. 우리가 할 습관 세 가지는 매일 독서, 매일 운동, 매일 공부다. 너무 당연한 원리를 얘기해서 또 미안하다. 그런데 이보다 더 좋은 습관은 세상 어디에도 없다. 모든 성공 스토리는 이 세 가지에서 시작된다.

　첫 번째, 매일 독서를 하라. 매일 1시간씩 독서를 해보자. 아마 다음 할 일 때문에 시간에 쫓기게 될 것이다. 매일 1시간씩 읽다가 점점 독서량이 많아지고 읽는 시간이 늘어나게 된다. 그러면 나쁜 습관을 할 시간이 줄어든다. 독서를 많이 하면 당신이 일하는 분야에서 가장 독서량이 많고, 가장 지식이 풍부하고, 가장 전문적이고, 가장 많은 보수를 받는 사람이 된다. 나쁜 습관으로 돌아가지 않고 당신은 변화된 자신을 발견할 수 있다.

두 번째, 매일 운동하라. 지금 거울로 당신의 몸을 살펴보자. 마음에 드는가? 아마 만족스럽지 못할 것이다. 당신의 몸에 투자하고 싶지 않은가? 매일 운동은 당신의 몸을 건강하게 할뿐만 아니라 앞으로 남은 인생에 큰 힘을 줄 것이다. 매일 1시간씩 운동해보자. 독서와 마찬가지로 시간에 쫓기게 된다. 시간에 쫓기면 좋은 습관을 먼저 하고 나쁜 습관은 하지 못하게 된다. 운동하자. 몸도 건강해지고 나쁜 습관도 멀리할 수 있다.

세 번째, 매일 공부하라. 지금까지 공부했는데 또 공부하라고? 그래도 해야 된다. 사람은 평생 공부해야 살 수 있다. 동의하지 않는가? 공부가 멈추면 발전도 멈춘다. 발전이 멈추면 월급도 안 오르고 살 길도 막막해진다. 필자가 말하는 공부는 영어 시험, 자격증 시험 같은 이런 종류가 아니다. 물론 이런 공부를 해도 성과가 있다면 그보다 더 좋은 공부가 어디 있겠는가? 필자가 말하는 공부는 책으로 또는 강연으로 하는 공부다. 종류는 상관없다. 영어 회화, 중국어 회화, 부동산, 주식, 독서 방법, 글쓰기 수업 같은 어떤 종류라도 상관없다. 나를 발전시킬 수 있는 공부라면 무엇이든지 가능하다. 이렇게 매일 1시간씩 공부한다면 이번에도 당신은 시간에 쫓길 것이다. 공부 습관으로 나쁜 습관은 할 시간이 없어진다.

필자가 너무 원론적이고 실현 불가능한 이야기를 하는 것일까? 그럴 수도 있다. 하지만 이 정도도 하지 못한다면 흑역사를 벗어나거나 지금 흑역사가 기록되는 것을 막을 수 없다. 좋은 습관은 성공의 습관이다. 필자가 흑역사를 계속 말하는 이유는 더 이상 흑역사에 머물지 말고 빛나는 역사를 같이 쓰고 싶기 때문이다. 이 세 가지는 쉬운 것 같지만 정말 어려운 습관이다. 필자는 지금도 매일 독서, 매일 운동, 매일 공부를 하고 있다. 왜? 흑역사를 만들고 싶지 않기 때문이다.

° 우주 최강 히어로

원 펀치 맨One Punch Man이라는 일본 애니메이션이 있다. 아직 못 본 청춘들을 위해 짧은 에피소드를 소개한다. 우주에서 최고로 강한 남자가 된 원 펀치 맨 사이타마, 그는 평범한 취업 준비생이었다. 사이타마는 어느 날 지구를 노리는 괴물을 물리치고 영웅이 되기로 결심한다.

사이타마는 3년간의 훈련을 마치고 우주 최강 원 펀치 맨이 됐다. 그를 이길 수 있는 상대는 우주에 아무도 없다. 그의 달리기, 점프, 힘, 싸움은 누구도 이길 수 없다. 사이타마가 어떻게 우주 최강이 됐는지 모두들 궁금해 했다. 어느 날 적과 싸우는 자리에서 사이타마는 자신의 비밀을 얘기한다. 사이타마가 우주 최강이 될 수 있었던 비밀은 바로 이것이었다. 첫 번째, 이 훈련을 계속할 수 있는지의 여부. 두 번째, 매일 팔 굽혀 펴기 백 번, 윗몸 일으키기 백 번, 스쿼트Squat 백 번, 10Km 달리기.

사이타마는 이렇게 고백했다. "처음에는 죽을 것처럼 힘들다. 하루쯤은 쉬고 싶은 생각이 들지. 하지만 난 강한 히어로가 되기 위해 아무리 힘들어도 피를 토해 가면서도 매일 계속했다. 변화를 눈치 챈 건 일년 반 뒤였지. 난 머리가 벗겨져 대머리가 돼있었다. 그리고 강해져 있었어. 다시 말해 머리가 벗겨질 만큼 죽을힘을 다해 스스로를 단련한 거다. 그게 강해지는 유일한 방법이다."

사이타마는 우주 최강 히어로가 되기 위해 3년 동안 가장 단순하고 기본적인 운동을 했다. 이 장면은 사이타마가 웃기라고 한 얘기가 아니다. 정말 3년 동안 그것을 해낸 것이다. 여기에 습관의 비밀이 있다. 누구나 할 수 있는 것을 누구나 해내지는 못한다. 규칙적인 습관으로 운동을 하면 변화가 일어난다는 것이다. 사이타마가 대머리가 된 것처럼. 물론 이 애니메이션 작가가 재미있으라고 넣은 대사와 장면이겠지만 난 이 부분을 볼 때 깊은 감동을 받았다. 웃기라고 한 이야기지만 사실이기 때문이다. 좋은 습관을 이길 수 있는 나쁜 습관은 없고 좋은 습관으로 성공하지 못 한 사람이 없다.

당신은 좋은 습관을 만들기가 쉬운 사람인가 아니면 어려운 사람인가? 좋은 습관을 만들기 어려운 사람을 위해 좋은 습관 만드는 방법을 소개한다. 검증된 방법이기 때문에 당신도 이 방법을 꼭 해보기 바란다. 이 방법이 익숙해지면 몸에 습관이 들어서 무엇이든지 오래 동안 집중하고 할 수 있다. 이제 포모도로 기법Pomodoro Technique을 소개하겠다.

포모도로는 이탈리아어로 '토마토'라는 뜻이다. 토마토소스로 만든 파스타를 '포모도로'라고도 한다. 이것은 1980년대 프란체스코 치릴로 Francesco Cirillo가 개발한 기법이다. '토마토 모양의 주방 타이머로 시간을 잰다'는 것에서 유래했다. 포모도로 기법은 타이머를 이용해서 25분 동안 일하고 5분 동안 쉬는 것을 반복하는 집중법이다. 방법은 다음과 같다.

포모도로 기법

1. 먼저 오늘 할 일의 목록과 우선순위를 정한다.
2. 타이머를 맞춘 뒤 25분 동안 오직 그 일에만 몰두한다.
3. 25분 후 타이머가 울리면 일을 멈추고 5분 동안 쉰다.
4. 포모도로를 4번 반복한 후에는 20분 동안 길게 쉬어준다.
5. 정해둔 일을 하나씩 마칠 때마다 목록에 완료 표시를 한다.
6. 자기 전, 몇 번의 포모도로로 몇 개의 작업을 끝냈는지 확인한다.

"실수를 한 번도 하지 않는 사람이 있다면,

그는 아무것도 시도하지 않는 사람이다.

동일한 실수를 반복하지 않는 한 실수를 두려워할 필요는 없다."

시어도어 루스벨트

5장

흑역사를 역사로
바꿔라

미래를 꿈꿔라

° 미래를 바라보자

토머스 왓슨Thomas John Watson은 젊은 시절에 고향인 뉴욕 주 핑거 레이크 부근의 농장지대에서 피아노 판매원으로 일했다. 그는 열심히 이집 저집을 뛰어다녔다. 그는 자신의 근면과 성실이면 틀림없이 실적 보너스로 부자가 될 수 있을 거라고 생각했다. 하지만 그는 계속되는 실패로 그 두 가지 자질만으로는 부족하다는 사실을 깨닫게 됐다.

왓슨은 피아노 세일즈를 그만둔 뒤 정육점을 개업했지만 가게 운영을 제대로 하지 못해 문을 닫아야 했다. 그는 세일즈 실패와 사업 실패로 무엇을 해야 할지 고민했다. 왓슨은 당시 지명도가 높았던 사무용품 회사인 NCR사에 들어가기로 결심했다. NCR의 직원은 품위 있고 우아하며 자부심을 갖고 있었다. 왓슨은 그 회사의 버펄로 지사에 들어가 직원이 됐다. 그 뒤 그는 점점 말하는 것이나 옷차림과 생각에 있어

표준적인 NCR 직원이 됐다. 그는 성공의 길로 나아갔다. 몇 년이 지나 그가 28살이 됐을 때, 그는 이미 그 회사 워싱턴 주의 총책임자 자리에까지 올라갔다.

토머스 왓슨이 40살이 됐을 때 NCR 회장과 22명의 사장은 '반독점 규제법'을 위반했다는 혐의로 기소됐다. 회장 피터슨과 관련 당국은 서로 협상하여 합의점을 찾았다. 사장들이 죄를 인정하면 회장은 형사 처벌을 면할 수 있었다. 회장은 모든 사장에게 죄를 인정하라고 요구했다. 왓슨은 아무리 생각해봐도 자신에게는 잘못이 없다는 결론에 이르렀다. 그는 차라리 상고하는 것을 선택했다. 패소하더라도 기꺼이 감옥에 가려고 했다. 그 일은 결국 회장 피터슨의 비위를 건드렸고 급기야 회장은 왓슨에게 회사를 나가라고 했다.

NCR을 떠난 토머스 왓슨은 일자리를 잃은 것 외에도 감옥에 갈 운명에 처했다. 마음에 간직한 원대한 꿈을 빼고는 그에게 남은 것은 아무 것도 없었다. NCR에서 해고된 그는 시간이 많이 걸리는 회계 업무를 간단히 처리하는 표 계산기를 만들면 크게 성공할 것이라 믿고 C-T-RComputing Tabulating Recording사에 입사하기로 결심했다. 시계, 저울, 계산기를 만들던 C-T-R은 오랫동안 적자로 허덕였지만 왓슨을 만나면서 그동안의 부진을 털고 일어섰다. 왓슨이 재판에서 무죄를 선고 받은 뒤 회사의 재건 작업은 정상 궤도에 오르기 시작했다. C-T-R사는 적자에서 흑자로 돌아섰다. 1924년 토머스 왓슨은 50살이 됐다. 그 해에 그는 회사의 이름을 국제상업기기회사International Business Machines로 바꾸었다. 오늘날의 IBM은 이렇게 시작됐다.

토머스 왓슨은 자신과 사원 모두를 IBM의 대사로 임명했다. 출근해서만 회사를 대표하는 것이 아니라 언제나 회사의 이미지를 대표하게 했다. 공장의 근로자들도 양복에 넥타이를 매고 출근해야 한다고 느끼게 됐다. IBM의 모든 사람이 회사에 소속감을 느꼈고 IBM에 몸담은 것을 자랑스럽게 생각했다.

왓슨은 제2차 세계대전 기간에 미국의 해군기지건설을 지원하기 위해 하버드 대학교와 공동으로 첫 번째 컴퓨터를 개발했다. 그것은 IBM사가 컴퓨터 산업의 선두주자가 되는 발판을 마련해주었다.

토머스 존 왓슨은 IBM의 전 회장이자 CEO였다. 그는 1914년부터 1956년까지 IBM이 국제적으로 성장하는 일을 했다. 왓슨은 IBM만의 경영 방식과 기업 문화를 계발했다. 천공 카드 태블레이팅 머신표 작성기을 계기로 이 기업을 효율성 높은 판매 조직으로 전환시켰다. 왓슨은 자수성가한 기업가고, 1956년 죽기 전까지 세계 최고의 세일즈맨으로 불리기도 했다.

IBM은 세계 최다 특허 보유 기업이고, 직원 5명이 노벨상을 받았고, 가장 창조적인 기업이라는 명예를 가지고 있다. 한때는 적자에 허덕이는 기업으로 위기에 처하기도 했지만 100년이 넘은 지금도 건재한

IT 선두 기업이다. 토머스 왓슨은 IBM을 만들면서 인류를 위해 'Think', 미래를 위해 'Think' 할 것을 요구했다. .

토머스 왓슨은 우리에게 자신이 피아노 판매와 정육점 사업에서 실패하고 NCR로 갔던 것처럼, NCR에서 해고당하고 검찰의 조사를 받았어도 C-T-R로 가서 IBM을 탄생시킨 것처럼 미래를 바라보라고 말한다. 당신의 흑역사가 어떠했는지는 모르지만 흑역사로 힘을 얻어 미래를 바라보라. 그 미래가 당신을 기다리고 있다.

° 미래가 답이다

리 아이아코카Lee lacocca는 미국 자동차산업 분야에서 유일무이한 경영의 천재였다. 그는 포드자동차Ford Motor Company에 재직하면서 탁월한 수완을 발휘했고 고속 승진하여 포드자동차의 CEO까지 됐다. 사업이 잘되자 포드자동차의 소유주 포드 2세는 아이아코카가 회사의 경영권을 완전히 장악할 수 있다는 위기감을 느꼈다. 결국 포드 2세는 아이아코카를 해고했다.

아이아코카가 포드자동차에서 쫓겨나자 세계 유수의 기업주들이 그를 찾았다. 그들은 아이아코카에게 다른 일을 해보지 않겠냐고 제안했다. 그는 완곡한 말로 기업주들의 제안을 거절했다. 그의 목표는 확고했다. 그는 "넘어진 곳에서 다시 일어서고야 말겠어."라고 마음속으로 굳게 다짐했다.

아이아코카는 미국 3대 자동차 메이커인 크라이슬러를 선택했다.

그는 포드 2세와 모든 사람에게 자신의 능력을 보여주었으며 포드 2세가 잘못 판단했음을 증명했다. 크라이슬러에 입사한 뒤 아이아코카는 파산 위기에 처한 크라이슬러에 대대적인 구조조정을 단행했다. 먼저 부사장 33명을 해고하고 공장 몇 곳을 처분했다. 1만 5천명의 직원을 내보낸 결과 회사는 가장 크게 차지하고 있던 고정비용을 절약할 수 있었다. 구조조정이 끝난 뒤에 회사의 규모는 작아졌지만 오히려 더 효율적이고 실속 있는 기업이 됐다. 다른 한편으로 아이아코카는 미래를 보는 눈으로 사람들의 소비심리를 파악한 뒤 회사에서 운용할 수 있는 모든 자금을 칼날 위에 쏟아 부었다. 시장 수요에 따라 최대한 빠른 속도로 신형 자동차를 출시하여 포드, GM과 함께 시장을 세 등분으로 나누었고 '콜럼버스의 신대륙발견'과 같은 미국의 신화를 만들었다.[31]

아이아코카는 미국 자동차 업계에서 최고의 경영자로 뽑힌다. 포드 자동차와 크라이슬러에서 남들이 생각하지 못하는 과감한 도전을 하고 성공했다. 실패한 차도 있었지만 그의 도전은 멈추지 않았다. 그의 도전은 항상 미래를 바라보고 했다. 포드자동차를 쫓겨나서 크라이슬러에 갈 때도 자신의 미래를 보고 실행했다. 미래를 바라보고 꿈꾸는 것은 매우 중요하다. 왜냐하면 미래를 바라보고 꿈을 꾸는 사람이 자신의 미래를 결정하기 때문이다. 성공은 꿈꾸는 사람이 할 수 있다.

° R = VD

IBM의 토머스 왓슨과 크라이슬러의 리 아이아코카처럼 미래를 꿈꾸는 방법을 소개하겠다. 성공한 사람들의 성공 비결을 물어보면 대부분 이렇게 대답한다. "생생하게 꿈꾸면 모든 것이 이루어집니다." 자신의 비전, 꿈과 목표를 이루기 위해서는 생생하게 꿈꾸면 된다. 《꿈꾸는 다락방》에서 이지성 작가는 R=VD 성공 원칙을 명료하게 말한다.

Vivid 생생한 **Dream** 꿈꾸다 = **Realization** 현실

콘래드 힐튼은 전 세계에 250개가 넘는 힐튼 호텔을 세운 사람으로 오늘날까지도 '호텔 왕'이라고 불린다. 그는 호텔 '벨 보이'였다. 금융공황의 여파로 망한 집안에서 어렵게 자란 그는 돈 없고 능력 없는 사람이었다. 그는 돈 있고 힘 있는 사람들의 가방을 들어주고, 그들이 묵을 방을 청소하고, 뒤치다꺼리를 해주는 일로 생계를 유지했다.

힐튼은 당시 미국에서 가장 큰 호텔의 사진을 구해서 책상 위에 붙여놓고 그 호텔의 주인이 된 자신의 모습을 '강렬하게' 상상했다. 단순히 미래에 대한 꿈을 꾸는 정도가 아니었다. 현실과 꿈의 경계를 분간하지 못할 정도로 강력하게 VD했다. 그것도 하루에 수십 차례씩, 온몸의 기력이 다 빠져 나갈 정도로.

1949년 10월 12일, 콘래드 힐튼의 VD는 R이 됐다. 미국에서 가장 큰 호텔의 주인이 된 것이다. 호텔 왕이 된 콘래드 힐튼은 사람들이 성공 비결을 물어올 때마다 이렇게 대답했다. "흔히 사람들은 재능과 노력이 성공을 가져다줄 것으로 생각한다. 그러나 그렇지 않다. 성공을

불러들이는 것은 생생하게 꿈꾸는 능력이다. 내가 호텔 벨 보이 생활을 할 때 내 주위에는 똑같은 처지의 벨 보이들이 많이 있었다. 호텔을 경영하는 재능이 나보다 뛰어난 사람들은 더 많이 있었고, 나보다 더 열심히 일하는 사람들 역시 많이 있었다. 하지만 온 힘을 다해서 성공한 자신의 모습을 그렸던 사람은 오직 나 하나뿐이었다. 성공하는데 있어서 가장 중요한 것은 꿈꾸는 능력이다."

과거의 역사는 언제나 우리의 발목을 잡는다. "네가 뭘 할 수 있는데?", "넌 안 돼." 흑역사는 우리가 앞으로 나아가는 것을 막고 변화되는 것을 막는다. 항상 고민과 걱정을 하도록 해서 미래를 보지 못하게 한다. 콘래드 힐튼은 흑역사를 중요하게 생각하지 않았다. 자신의 흑역사에 발목이 잡히지도 않았다. 그는 오직 온 힘을 다해 생생하게 꿈꿨다. 성공한 사람들은 콘래드 힐튼처럼 자신의 꿈을 생생하게 꿈꾼다. 이것은 누구나 다 아는 성공의 원칙이다. 하지만 누구나 하지는 않기 때문에 비밀이다. 성공한 사람들의 원칙을 당신도 따라 하기 바란다. 흑역사에서 영원히 안녕을 외칠 수 있다. 다음 네 가지 방법을 따라 하라.

R=VD

1. 롤 모델Role Model을 정한다. 롤 모델을 생각하면서 변화된 자신의 모습을 매일 생생하게 꿈꾸고 행동한다.

2. 버킷 리스트Bucket List를 만든다. 버킷 리스트를 성취한 자신의 행복한 모습을 매일 생생하게 꿈꾸고 행동한다.

3. 보물 지도를 만든다. 보물 지도의 보물을 얻은 것에 기뻐하는 자신의 모습을 매일 생생하게 꿈꾸고 행동한다.

4. 액션 플랜Action Plan을 만든다. 액션 플랜의 행동을 실천하고 성공한 자신의 모습을 매일 생생하게 꿈꾸고 행동한다.

목표를 설정하라

° 목표가 있어야 바뀐다

나폴레온 힐Napoleon Hill은 《성공의 법칙》에서 목표에 대해 이렇게 말했다. "지난 14년간 16,000명의 분석을 통해 알게 된 사실 가운데 가장 놀라운 것은 이것이다. 실패자로 분류된 95%의 사람들은 '인생의 명확한 중심 목표'가 없었기 때문에 이런 부류에 속하게 됐다는 것이다. 이와 반대로 성공한 사람으로 분류된 5%는 목표가 명확했을 뿐만 아니라 그들의 목적을 달성하기 위한 확실한 계획도 있었다는 점이다." 나폴레온 힐의 이 통계는 성공을 위해 목표가 얼마나 중요한지 알려준다. 흑역사를 빛나는 역사로 바꾸는데 있어서 목표를 설정하는 것은 당연한 일이다. 실패를 성공으로, 흑역사를 빛나는 역사로 바꾸기 위해 목표를 설정하자.

경영학의 아버지 피터 드러커Peter Drucker는 목표에 대해 다음과 같이 설명한다. "사람은 스스로가 성취하고 획득할 수 있다고 생각하는 바에 따라 성장한다. 만약 자신이 되고자 하는 기준을 낮게 잡으면, 그 사람은 더 이상 성장하지 못한다. 만약 자신이 되고자 하는 목표를 높게 잡으면, 그 사람은 위대한 존재로 성장할 것이다. 일반 사람이 하는 보통의 노력만으로도 말이다."

목표를 설정할 때는 자신이 이룰 수 있는 만큼을 설정하면 안 된다. 피터 드러커의 말처럼 목표는 자신이 완수할 수 없을 정도로 높게 잡아야 한다. 성취할 수 있는 목표는 누구나 정할 수 있고 누구나 할 수 있다. 누구나 한다는 것은 누구나 평범하다는 것이다. 필자도 처음 사업을 시작할 때 내가 이룰 수 있는 목표를 설정했다. 사실 사업 한 번 해보지 않은 내가 어떻게 비즈니스로 성공하고 목표를 이룰 수 있겠는가? 목표 설정 자체가 황당한 일이다. 하지만 나는 목표를 설정했다. 설정한 목표를 해마다 높게 바꿨다. 2016년보다 2018년 지금의 내 목표는 더 높다. 높은 목표는 우리를 더 큰 존재로 성장시킨다.

목표는 항목을 나누고 자세하게 설정하는 것이 좋다. '내 목표는 10억을 버는 것'이라고 해버리면 10억을 벌기 위해 무엇을 해야 할지 막막하다. 더불어 10억만이 삶의 목표가 되서도 안 된다. 목표는 내가 활동하는 모든 영역이 포함되므로 세부적으로 해야 한다. 아래 예시를 보고 세부적인 목표를 설정해보자. 컴퓨터 한글 작업도 좋지만 연필로 종이에 쓰는 것을 추천한다. 마치 종이에 그림을 그리듯 상상하는 것을 글자로 써보자.

1. 가족을 위한 목표 – 가족을 위해서 무엇을 할지 계획한다.

2. 건강을 위한 목표 – 건강을 위해서 무엇을 먹고 어떤 운동을 할지 계획한다.

3. 학업 목표 – 일과 자기 계발을 위해 어떤 공부를 할지 계획한다.

4. 경력 목표 – 내 경력을 향상시킬 수 있는 방법을 계획한다.

5. 재정 목표 – 돈을 얼마나 벌고 빚을 어떻게 갚을지 계획한다.

6. 투자 목표 – 부동산, 주식이나 암호 화폐 같은 투자를 어떻게 할지 계획한다.

당신이 6가지 목표 설정보다 항목을 더 나눌 수 있다면 그렇게 해도 좋다. 규칙은 없다. 자신에게 맞는 항목을 정하고 목표를 설정하면 된다. 중요한 것은 내가 정말 원하는 것이고 이룰 수 있을 것 같은 목표다. 이룰 수 있는 것이 아니고 이룰 수 없는 것도 아니다. 이룰 수 있을 것 같은 것이다. 너무 쉬운 것도 아니고 너무 어려운 것도 아니다. 적당하게 어려운 것이다. 너무 쉬운 목표는 쉽게 이룬다. 인간의 능력은 쉬운 목표에 쉽게 발휘된다. 너무 어려운 목표는 불가능하다 판단하고 시도조차 하지 않는다. 적당히 어려운 목표는 사람이 할 수 있는 능력의 한계를 넘게 한다. 그 목표를 성취할 때는 큰 성취감을 느끼고 다음 목표도 해낼 수 있다는 믿음이 생긴다.

° 목표는 전설을 만든다

세계 최고의 피겨스케이팅 선수는 누가 뭐래도 김연아다.

· 2010년 동계 올림픽 여자 싱글 부문 금메달
· 2014년 동계 올림픽 여자 싱글 부문 은메달
· 2009년, 2013년 세계 선수권대회 금메달
· 대한민국 최초의 올림픽 메달리스트
· 2003년, 2004년, 2005년, 2006년, 2013년, 2014년 한국 피겨스케이팅
  종합 선수권 대회 우승자
· 2009년 4대륙 피겨 스케이팅 선수권 대회 우승
· ISU 그랑프리 파이널 3회 우승
· 피겨 스케이팅 여자 싱글 부문에서 4대 국제 대회동계 올림픽, 세계 선수권, 4대륙
  선수권, 그랑프리 파이널의 그랜드 슬램을 달성한 최초의 선수
· 2009년 세계 선수권 대회에서 총점 207.71을 기록해 여자 싱글 부문에서
  사상 최초로 200점 돌파
· 2010년 밴쿠버 동계 올림픽에서 쇼트 프로그램 78.50점, 프리 스케이팅
  150.06점, 총점 228.56으로 다시 세계 최고 기록 경신
· 2007년 세계선수권 쇼트 프로그램 이래로 여자 싱글 부문의 쇼트·프리·총
  점에서 모두 11번의 세계 최고 기록을 수립했으며, 이 중 8번이 자신의 기록
  을 자신이 경신[32]

피겨스케이팅 역사상 이렇게 화려한 성적을 가진 선수는 없었고 지금 현재도 없다. 김연아가 현역 시절 스페인 중계팀은 이렇게 해설한 적이 있다. "그녀와 경쟁하는 이 시대의 여성 피겨스케이터들에게 유감을 표합니다. 왜냐하면 김연아가 있는 동안에는 누군가 그녀를 이긴다는 게 불가능할 거니까요."

운동을 시작하는 선수들은 대부분 초등학교 시절 첫 출발을 한다. 그리고 모든 운동선수들의 꿈은 올림픽 금메달이다. 김연아도 같았다. 그녀의 목표는 올림픽에 출전해서 금메달을 따는 것이었다. 다른 운동도 마찬가지지만 엄청난 시간과 에너지를 소비해야 국가대표가 되고, 올림픽에 출전하더라도 금메달 따는 것은 쉽지 않다. 피겨스케이팅은 특이하게도 뛰어난 선수가 되기 위해서 수천, 수만 번을 넘어져야 가능하다. 피겨스케이팅의 특성상 좋은 연기를 보이기 위해서는 점프를 많이 해야 되는데, 그 점프를 완벽하게 해내게 위해서는 반드시 넘어져야 한다. 김연아는 수천, 수만 번을 넘어지고, 포기하고 싶을 때 다시 일어서서 연습했다. 그녀는 목표를 이루기 위해서 매번 넘어지고 다시 일어서야 했다.

마침내 김연아는 2010년 벤쿠버 동계올림픽에서 자신의 최고 목표였던 금메달을 땄다. 국내외 언론에서는 그녀의 금메달이 당연하고 최고의 선수라고 찬사를 보냈다. 그런데 금메달을 따고 귀국한 김연아는 더 이상 어떤 대회에도 나가지 않았다. 김연아는 그녀의 자서전에서 그 때 심정을 이렇게 밝혔다. "금메달 이후 더 큰 목표를 찾을 수 없었습니다." 공식적으로 발표를 하지 않은 것이지 사실상 은퇴였다. 김연아를 지켜보던 국내외 사람들도 그녀가 은퇴한 것이라고 생각했다.

금메달을 따고 1년 8개월이 지난 2012년 7월, 김연아는 갑자기 기자 회견을 요청했다. 이 기자 회견에서 김연아는 "두 번째 올림픽에 도전하겠습니다. 앞으로 저를 올림픽 금메달리스트가 아닌 후배 선수들과 똑같은 국가대표 김연아로 봐주셨으면 좋겠습니다."라고 말했다. 공식적으로 복귀 선언을 한 것이다. 그녀는 지긋지긋한 훈련, 자신과의 싸움, 국민의 기대 앞에 다시 설 수 있었던 이유가 있었다. 그녀는 말했다. "1년 동안 태릉선수촌에서 피겨스케이팅 후배들과 함께 훈련을 해왔어요. 후배들에게 조언도 해줬지만 반대로 후배들의 훈련 모습에 자극 받기도 했고, 그것이 제게 동기부여가 됐어요. 아직 내가 할 일이 남아있다는 생각이 들었습니다."

김연아는 국내 선발전을 거쳐 2013년 올림픽 출전 티켓이 걸려있는 세계피겨선수권대회에 출전하게 됐다. 출국 전 기자 회견에서 자신의 목표를 말했다. "절대 혼자가 아니라 꼭 후배들과 함께 올림픽에 나가는 것이 제 목표입니다." 세계피겨선수권 대회에서 금메달을 따면 올림픽 출전 티켓 3장이 주어진다. 김연아는 자신이 복귀한 이유를 이제 정확히 말했다. 그녀에게 남아있던 일은 바로 이것이었다. 이 목표를 이루기 위해 다시 돌아온 것이다. 결국 그녀는 자신의 목표를 이루었고 2014년 소치 동계올림픽에 대한민국 피겨스케이팅 역사상 3명이 출전하게 됐다.

2014년 동계올림픽, 3명의 선수가 피겨스케이팅 대회에 출전했다. 세계적인 선수들과 함께 연습하고 시합을 했다. 김연아는 대회에서 완벽한 연기를 펼치고도 아깝게 은메달을 땄다. 모든 국내 언론과 외신은 그녀의 금메달을 강탈당한 것이라고 외쳤다. 누구도 믿을 수 없는 결과라고 소리 높였다. 하지만 그녀는 괜찮았다. 기자가 물었다. "은메달에 그친 것이 안타깝지 않습니까?" 김연아가 대답했다. "금메달은 중요한 게 아닙니다. 저는 올림픽 출전에 의미를 두었습니다. 저는 만족스럽습니다."[33]

김연아는 피겨스케이팅의 마지막 목표를 금메달이 아닌 후배들과 올림픽에 출전하는 것으로 정했다. 은퇴하기 전에 금메달을 땄으면 더 좋았겠지만, 그녀는 처음 세웠던 목표를 달성한 것이다. 2014년 5월 김연아는 마지막 피겨스케이팅을 마치고 은퇴했다. 그녀의 마지막 목표로 김연아의 은퇴는 아름답고 빛나는 것이 됐다.

목표는 아름답고 빛난다. 목표는 김연아처럼 전설을 만들기도 한다. 우리의 목표는 흑역사를 넘어 전설을 만들 수 있다. 어렵게 느끼지 말자. 안 된다고 생각하지 말자. 작은 목표라도 정하고 포모도로 기법으로 실천해보자. 목표를 세우고, 목표를 향하여 한 발 내딛는 순간 이미 당신은 전설의 길에 들어선 것이다.

긍정의 힘으로 행동하라

° 긍정을 사용하라

이 책을 쓰기 얼마 전 필자는 드론 조종사 자격증 필기시험을 봤다. 정확한 명칭은 '초경량비행장치 조종자 무인멀티콥터' 자격증이다. 이름이 너무 길어서 보통 드론 자격증이라고 한다. 2018년은 4차 산업이 최고의 이슈가 되고 있어서 필자도 연구를 많이 했다. 많은 책을 읽다가 전문적인 기술을 배우거나 학교를 다니지 않아도 할 수 있는 분야를 발견했다. 그것이 드론 사업이다.

드론 사업을 위해 꼭 필요한 것이 드론 조종사 자격증이다. 약 10년 전만 해도 드론으로 촬영하는 사람들이 조금 있었지만 자격증이 필요하거나 국토교통부에 촬영허가를 받지 않아도 됐다. 지금은 드론 산업이 발달하고 있어서 사업을 하려면 자격증도 필요하고 국토교통부에 신고도 해야 한다. 이 사업을 하려면 드론 자격증이 꼭 필요해서 40대에 공부를 시작했다.

　우선은 드론 책을 한 권 사서 한 달 정도 시간을 두고 공부를 시작했다. 처음에 책을 구입하고 내용을 보니까 내가 비행기 조종사가 되려고 준비하는 것 같았다. 자격증 시험을 위해서 무인 항공기 운용, 항공역학비행원리, 항공 기상, 항공 법규를 공부해야 했다. 드론 장난감 하나 날리는데 이런 것들을 다 외워야 하다니, 막막했다. 내용도 참 심오해서 어떻게 시험을 볼지 고민했다. 다행히 필자랑 같이 사업을 계획한 친구가 먼저 필기시험에 합격하고 방법을 알려줬다. 기출문제 중심으로 외우면 합격이 가능하다는 것이다. 문제도 어렵지 않고 대부분의 지원자들이 시험장에서 20분이면 모두 퇴장하고 없다는 것이었다.

　그동안 공부한 것도 있고 나도 할 수 있다는 마음으로 집에 돌아와 시험 등록을 했다. 2주 뒤에 시험을 보기로 하고 전력을 다해 복습과 암기를 진행했다. 공부는 반복 학습이다. 처음부터 끝까지 반복하고 반복했다. 시험 당일이 됐다. 가벼운 마음과 '난 이미 합격이다'는 믿음으로 시험장에 들어갔다. 시험 시간이 돼서 문제를 풀기 시작했다. 그런데 이상했다. 모르는 문제가 너무 많았다. 40문제 중에 28개만 맞으면 합격인데 10개 이상이 생소한 문제고 2개는 헷갈리는 문제였다. 그래도 소신을 가지고 답을 표시하고 제출했다. 12개 모두 틀려도 28개는 맞을 수 있었다. 드론 시험은 답안 제출 즉시 합격 여부를 확인할 수 있어서 성적 확인을 클릭했다. 맙소사, 불합격이다. 그것도 24개 밖에 못 맞혔다. 어려운 문제 12개 빼고 4개나 더 틀린 것이다.

당연히 합격이라고 생각하고 있었는데 불합격되니까 할 말이 없었다. 머리가 멍했다. 아내한테 기쁨의 전화도 하지 못했다. 아침에 아이들에게 "아빠, 드론 시험 합격하고 온다."고 큰 소리쳤는데 할 말도 없었다. 필자가 공부를 안 했으면 모르는데 하루 종일 한 달 넘게 공부했는데 불합격하니까 충격이 컸다. 바보 같았다. 집으로 돌아오면서도 어이가 없었다. 집에 와서 아이들에게 떨어졌다고 얘기했다. 다음에 합격하겠다고 말했다. 아이들은 별다른 반응을 안 보였다. 아직 어려서 잘 모른다. 아내한테 얘기했다. 아내는 아쉬워했다. 드론 시험이 뭐 길래, 아무 것도 할 수 없었다. 내가 너무 교만하고 자만했었는지, 공부 방법이 틀렸는지 고민했다. 흑역사의 한 줄을 기록한 것이다.

머리가 복잡했다. 운동 갈 시간이 됐다. 피트니스 센터에 가서 미친 듯이 달렸다. 1시간 동안 운동하면서 헤드폰에서 나오는 영어도 안 들렸다. 온 몸에서 땀을 빼고 전투적으로 힘을 쏟아 부으면서 했던 생각은 "난 할 수 있다. 다음 시험에서 반드시 합격한다."였다. 집으로 돌아와서 바로 다음 주 같은 시간에 시험 신청을 했다. 온라인 서점에서 드론 필기시험 책을 한 권 더 주문했다. 다음날부터 일주일 동안 책을 씹어 먹겠다는 각오로 공부했다. 공부하면서 계속 긍정의 힘을 발휘했다. "난 할 수 있다. 난 반드시 합격한다. 이 시험은 나한테 아무것도 아니다."

일주일이 지나고 시험 당일이 됐다. 같은 장소 같은 시간에 같은 문제를 풀었다. 2~3문제 빼고 같은 문제였던 것 같다. 이번 시험은 다행히 모르는 문제가 10문제도 안 됐고, 처음부터 끝까지 2~3번 반복해서 확인한 후 제출했다. 결과는 당연히 합격이었다. 시험이 끝나고 나왔는데 완전 기쁘지는 않았다. 담담했다. 담담하게 집으로 가고 아이들과 아내에게 얘기했다. 이렇게 나의 흑역사는 빛나는 역사로 바뀌었다.

긍정의 힘은 언제나 사람의 중심을 잡아주고, 죽을힘을 다해 노력하게 하고, 자신감과 의지를 부여한다. 누구나 긍정의 힘을 알지만 누구나 긍정의 힘을 사용하는 것은 아니다. 사람은 긍정보다 부정을 사용하기 쉽다. 불평과 불만을 먼저 말하지 칭찬과 감사를 말하지 않는다. 내 드론 시험 불합격은 약간 웃긴 이야기지만 이 흑역사를 통해 난 또 한 가지 배운 것이다. 긍정의 힘이 얼마나 중요한지를. 당신도 긍정의 힘을 사용하라. 부정보다는 긍정이 당신을 변화시킬 것이다.

° 긍정의 언어

인제대 서울백병원 정신과 의사 우종민 교수는 인간의 뇌가 현실과 언어를 구분할 능력이 없다고 한다. 그는 거짓이라는 것을 알면서 칭찬을 받는 사람과 진짜라고 믿고 칭찬을 받는 사람의 뇌를 비교해 연구했다. 칭찬을 받으면 뇌에 쾌락을 관장하는 부위가 활성화되는데 이를 MRI자기공명영상로 촬영했다. 거짓이라는 것을 알면서 칭찬을 받은 사람과 진짜라고 믿고 칭찬을 받은 사람 양쪽 모두의 뇌에서 활성화되는 부위가 동일하다는 사실을 확인했다. 즉 뇌는 현실과 언어를 혼동하고 있다는 것이다.[34]

인간의 뇌는 신기하게도 참과 거짓을 구분하지 못한다. 뇌는 귀로 들은 소리를 인식만 할뿐 귀로 들은 내용이 사실인지 거짓인지는 판단하지 않는다. 또한 뇌는 내가 말하는 소리인지 상대방이 말하는 소리인지도 구별하지 못한다. 내가 "난 할 수 있다."라고 말하면 내 뇌는 "난 할 수 있다."고 인식하고, 내가 아닌 다른 사람이 내 귀에 대고 "난 할 수 있다."라고 말해도 내 뇌는 "난 할 수 있다."고 인식한다. 결국 뇌는 내가 말한 것인지 내 친구가 말한 것인지 잘 모른다. 단지 "난 할 수 있다."는 문장만 입력된다는 것이다. 뇌의 이 기능 때문에 우리는 긍정적인 힘으로 좋은 영향을 받거나 부정적인 힘에 의해 나쁜 영향을 받는다.

어떻게 하면 이런 긍정의 언어를 사용하고 긍정의 생각을 할 수 있을까? 이것도 훈련이 필요하다. 내가 하고 싶다고 할 수 있는 것이 아니다. 우리의 평소 습관이 우리의 말을 형성한다. 말을 바꾸고 싶으면 행동을 바꿔야 한다. 행동을 바꾸기 위해서는 항상 행복한 정신 상태를 유지하는 것이 필요하다. 조급하고 걱정으로 정신을 채우면 마음이 불안하고 좋은 생각을 할 수 없다. 데일 카네기의 행복한 정신 상태를 기르는 7가지 방법을 소개한다. 이 방법으로 시작해서 당신의 부정적 사고와 습관을 바꿀 수 있기를 바란다.

행복한 정신 상태를 기르는 7가지 방법

1. 우리의 마음을 평화, 용기, 건강과 희망에 대한 생각으로 가득 채워라.

2. 적에게 복수하지 마라.

3. 은혜를 모른다고 고민하지 마라.

4. 고민의 수 대신 받을 축복의 수를 헤아려라.

5. 남을 모방하지 마라. 자신을 발견하고 자기 자신이 돼라.

6. 운명이 레몬을 선사하면 그것으로 레몬주스를 만들어라.

7. 남의 행복을 위해 노력하고 자신의 불행을 잊어 버려라.

흑역사와 역사를 기록하라

° 조선왕조실록

조선에 대한 이미지가 어떤지 묻고 싶다. 혹시 당쟁만 하던 나라, 일본과 중국의 침략을 받은 나라, 고리타분한 선비의 나라, 양반만 잘 먹고 잘 산 나라, 여성을 억압한 나라로 알고 있지는 않은가? 그것도 사실이다. 하지만 그것이 전부는 아니다. 우리가 아는 것은 역사드라마에서 말도 안 되는 허구의 이야기가 대부분이다. 역사드라마는 사실을 바탕으로 90% 이상을 재구성한 것이다. 왜? 자료를 이용해 사람들이 흥미를 느낄만한 조미료를 첨가한 대본을 만들기 때문이다. 사실을 바탕으로 한 역사드라마가 재미있겠는가? 오직 사실만 있는 드라마는 없다. 사실만 있는 것은 다큐멘터리다. 드라마는 허구다. 당신이 알고 있는 조선은 과장됐고 사실이 아니다.

조선은 사물이 아니라 글로 접근해야 되는 나라다. 조선은 기념비적인 건물을 세우고 화려한 문화를 뽐낸 나라가 아니라, 문자나 역사기록 같은 글에 치중한 국가다. 글이란 대단히 포괄적인 개념으로서 문자, 활자, 역사기록, 철학 같은 인문적인 것 모두를 말한다. 조선은 이 부분에서 세계 최고다. 이것은 이제 보게 될《조선왕조실록》을 통해서 알 수 있다.

조선왕조실록은 유네스코가 선정한 세계기록유산에 등재되어 있다. 우리나라는 현재 9개의 항목이 세계기록유산에 등재됐다. 9개 항목은 직지, 고려대장경, 조선왕조실록, 승정원일기, 훈민정음 해례본, 조선왕조의궤, 동의보감, 일성록, 5.18 민주화운동 기록물이다. 이 가운데 6개가 조선의 것이다. 이것만 보아도 조선이 얼마나 글에 뛰어난 국가였는지 알 수 있다. 세계기록유산의 숫자로 볼 때 우리나라는 세계 6위이고, 아시아에서는 1위다. 일본은 세계기록유산이 하나도 없고 중국은 5개다. 이것은 조선이 글에 치중한 문화를 만들어냈기 때문에 가능했다. 조선은 세계 최고의 문화국가라고 할 수 있다.

조선왕조실록은 인류 역사상 단일왕조 역사서로서 가장 규모가 큰 책이다. 태조부터 철종까지 472년간의 역사를 기록했기 때문이다. 다른 나라는 왕조가 300년 가는 것 자체가 힘든데 조선은 500년 이상 이어졌다. 그 기간의 역사까지 꼼꼼하게 기록했다. 이런 일은 세계 역사에 없는 일이다. 중국에도 명나라 실록이니 청나라 실록이니 하는 게 있지만 세계기록유산에는 하나도 선정되지 못했다. 조선왕조실록이 세계기록유산에 선정된 이유를 알면 우리의 실록이 얼마나 뛰어난 기록유산인지 알 수 있다.

조선의 왕은 원칙적으로 실록을 적는 '사관'이나 승정원일기를 적는 '주서'와 같은 기록자가 없이는 어느 누구도 만날 수 없었다. 이것은 하나의 정치기술로 왕의 모든 언행을 글로 남겨 왕권을 견제하는 의도가 있었던 것으로 이해된다. 내가 무슨 말을 하던 옆에서 다 적고 있고, 그것이 후대에 영원히 남는다면 어느 누가 함부로 말을 하겠는가? 매사에 신중할 수밖에 없다. 그런데 생각해보자. 당신이 아침에 일어나서부터 여러 명이 계속해서 당신의 말과 행동을 기록하고 있다면 얼마나 스트레스가 많겠는가? 이렇게 생각해보면 조선에서 왕 노릇 한다는 것이 얼마나 힘들었는지 알 수 있다. 한번은 태종이 사냥을 가는데 사관이 또 따라붙었다. 태종이 "놀러 가는 것이니 올 필요 없다"고 하자 그 사관은 변복_{남이 알아보지 못하도록 평소와 다르게 옷을 차려입음}을 하고 쫓아갔다는 이야기가 있다.

이렇게 사관이 소신껏 기록한 것을 왕은 볼 수 없었다. 만일 왕이 이것을 볼 수 있었다면 사관이 유교적인 기준에 따라 엄격하게 왕의 언행을 판단내릴 수 없었을 것이다. 한번은 세종대왕이 자기 아버지인 태종에 대해 쓴 기록을 보고 싶었던 모양이다. 그런데 신하들이 그 부당함을 말하자 어진 세종은 단념하고 말았다. 그 뒤로는 어떤 임금도 대놓고 실록을 보지 못했다고 한다. 심지어 연산군조차 이 실록에는 손을 대지 못했다고 한다. 그는 "세상에서 무서운 것은 사관뿐이다"라고 했을 정도다. 그 역시 자신이 패륜적인 짓을 하는 것을 알고 있었고,

그것이 후대에 전해져 자신의 악행이 오랫동안 남을까 두려워했던 것이다. 조선은 공정한 역사 기록을 통해 정치를 잘하려고 노력했다. 바로 이런 자세로 정치를 했기 때문에 500년 이상을 간 것이다.

우리의 조선왕조실록은 이와 같이 역사기록으로서 객관성, 공정성, 익명성이라는 부문에서 인정을 받았기 때문에 세계기록유산이 됐다.[35] 당신의 역사책에는 어떤 것을 기록할 것인가? 안타깝지만 당신은 쫓아다니는 사관이 없어서 직접 역사를 기록해야 된다. 사관은 매일 역사를 기록해서 왕이 생각할 필요가 없었지만 당신의 역사는 이미 지나온 과거라 열심히 생각해서 기록해야 된다. 조선은 왕이 통치를 잘 할 수 있도록 역사를 기록하고 잘 보관했다. 우리의 역사도 잘 기록하고 보관하면 통치는 아니지만 나의 삶, 나의 인생을 흔들림 없이 지탱하거나 변화시킬 것이다. 흑역사와 역사를 지금 기록해보자. 어린 시절 실패라는 것을 알기 시작했을 때부터 시작해서 실패와 성공, 실수와 칭찬, 좋은 경험과 나쁜 경험을 모두 기록해보자. 모든 것을 한 번에 생각하고 기록하기는 쉽지 않을 것이다. 고정된 방법은 없다. 자신이 편한 방법으로 천천히 기록해보자. 그리고 계속 생각하고 유심히 살펴보자. 거기에 내 인생 혁명의 답이 있다.

° 글로 기록하라

리더십 전문가인 존 맥스웰John C. Maxwell은 이렇게 말했다 "우리 중 약 95%의 사람은 자신의 인생 목표를 글로 기록한 적이 없다. 그러나 글로 기록한 적이 있는 5%의 사람들 중 95%가 자신의 목표를 성취했다." 존 맥스웰이 말한 이 원칙은 흑역사를 뒤로 하고 빛나는 역사를 만드는데 대단히 중요하다. 각 분야에서 성공한 사람들이 한 목소리로 말하는 원칙이 바로 '글로 기록하는 것'이다.

우리가 기록할 수 있는 글은 1.비전선언문 2.연간계획표 3.버킷 리스트 4.보물 지도 5.액션 플랜이 있다. 이 밖에도 자신이 필요한 것들을 추가할 수 있다. 작성 순서나 방법은 크게 중요하지 않다. 중요한 것은 내가 연필로 쓰고 눈으로 볼 수 있어야 한다. 글로 기록하는 자세한 방법은 내 책《비전을 향하여》를 읽어보기 바란다. 여기서는 몇 가지만 짚고 넘어가겠다.

비전선언문은 자신의 비전을 찾은 후 문서로 만드는 것이다. 연간계획표는 매년 그해에 이룰 목표를 정하고 기록하는 것이다. 버킷 리스트는 죽기 전에 꼭 해보고 싶은 일, 꼭 해야 할 일, 달성하고 싶은 목표를 적은 목록이다. 보물지도는 글로 기록한 버킷 리스트를 그림이나 사진으로 시각화한 것이다. 액션 플랜은 연간계획표에 기록한 목표, 5년 앞을 바라보고 할 행동이나 일을 기록하는 것이다.

흑역사를 극복하기 위해 필요한 것은 성공 원칙이다. 성공 원칙에서 가장 중요한 것이 글로 기록하고 시각화하는 것이다. 지난 흑역사와 역사를 기록했다면 이제 앞으로 해야 할 일을 정해보자. 비전을 찾고 글로 만들어라. 연간계획표를 작성하고 버킷 리스트를 만들어라. 버킷 리스트로 보물 지도를 만들고 시각화하라. 이제 액션 플랜을 만들어서 행동하자. 이 순서로 지금 당장 실천한다면 당신은 빠른 시일 안에 흑역사를 빛나는 역사로 바꿀 것이다.

역사는 나중에 평가된다

° 넌 뭔가 달라

1995년 3월 9일 경북 구미의 한 대기업 사업장에서 '품질은 나의 인격이오! 자존심!'이라고 내걸린 현수막 앞에 임직원 2,000여 명이 모였다. 그들을 기다리고 있던 것은 불량으로 판명 난 휴대전화, 무선 전화기, 팩시밀리 15만대였다. 가격으로 따지면 약 150억 어치에 달했다. 해머를 든 직원 몇 명이 이 불량품들을 부수기 시작하더니 곧이어 기름을 뿌려 전부 태워버렸다. 제조를 담당한 여직원들은 서로 부둥켜안고 울기 시작했다. 자신의 손으로 만든 제품이 불타오르는 모습을 견딜 수 없었던 것이다.

이 장면은 당시 큰 이슈가 됐던 삼성전자의 '애니콜 화형식' 모습이다. 삼성전자는 왜 이런 극단적인 퍼포먼스를 했던 것일까? 그 이유는 2년 전인 1993년 6월로 거슬러 올라가면 알 수 있다.

삼성그룹 회장이 된 이건희 회장은 신경영 선언을 했다. 신경영 선언은 한 마디로 말해서 모든 것을 바꿔보자는 이건희 회장의 선포였다. 이건희 회장은 삼성그룹 임직원에게 아내와 자식만 빼고 모든 것을 다 바꾸라는 패러다임의 전환을 요구했다. 그러기 위해서는 품질관리가 무엇보다 중요한 요소라고 지시했다. 하지만 휴대전화 불량률은 점점 나빠져서 '애니콜 화형식' 당시 11.8%까지 치솟았다. 우리는 이제 대기업이고 안정됐다는 안이한 생각이 그룹 전체에 퍼져 있었던 것이다.

이건희 회장은 바뀌지 않는 임직원과 직원의 사고를 전환하기 위해 극단적인 조치를 취했다. 그것이 바로 불량 휴대전화 15만대_{당시 시가로 약 500억 원}를 모두 수거해 새 제품으로 바꿔주는 조치를 취하고, 수거한 제품을 삼성그룹 임직원 2,000여 명이 보는 앞에서 불태워버린 것이다. 이 날 이후 삼성의 임직원과 직원의 생각은 크게 달라졌고 소비자도 삼성을 신뢰하게 됐다. 30% 수준이던 국내 휴대전화 시장점유율이 화형식 4개월 후 50%까지 뛰어올랐다. 1997년 5월에 무선 분야 올림픽 공식 파트너로 선정되며 삼성 브랜드를 전 세계에 알리는 계기를 만들었다. 2002년에는 화면을 넓히고 조약돌 느낌을 주는 소위 이건희폰으로 1,000만대 판매를 처음 달성했다. 2009년에는 전 세계 휴대전화 시장 1위인 노키아를 바짝 추격하며 '삼성 제국'의 시작을 알렸고 2012년에는 노키아를 제쳐버렸다. [36]

2018년 2분기 스마트폰 시장 점유율은 삼성이 1위다. 전 세계에

7,300만대의 판매를 기록했다. 애플이 아이폰이라는 물건으로 많은 사람에게 칭송을 받았지만 삼성의 기술 또한 뛰어나다. 2년 전 이스라엘에서 미국 워싱턴에 사는 형님을 만난 적이 있다. 내 스마트폰을 보더니 미국 사람들의 스마트폰에 대한 생각을 이야기해줬다. 미국 사람들이 가장 갖고 싶어 하는 스마트폰은 삼성 갤럭시 스마트폰이라고 한다. 그런데 아이폰을 많이 쓰지 않는가? 미국 사람들이 아이폰을 많이 쓰는 이유는 갤럭시 스마트폰이 아이폰보다 비싸기 때문이란다. 여유가 있는 사람들은 갤럭시 스마트폰을 쓰고 여유 없는 사람들은 아이폰을 쓴다고 한다. 외국에서 온 친구들을 보면 아이폰을 쓰기는 하지만 오래된 아이폰을 사용한다. 왜 그런지 잘 몰랐는데 그 형님의 말을 들으니 이해가 됐다. 스마트폰을 바꾸는데 부담이 되기 때문에 한 번 사면 오래 사용하고 고장이 나야 신형으로 바꾸는 것이다. 우리나라 분위기랑은 전혀 다르다. 우리는 보조금 제도도 있고, 할부 제도도 잘 되어 있어서 신형이 나오면 바로 바꾼다. 신형 스마트폰을 바꾸는 데에는 돈을 아끼지도 않는다. 이 이야기를 듣고 우리나라가 얼마나 대단한 나라인지, 삼성이 얼마나 위대한 기업인지 알게 됐다. 그 나라 안에 살고, 그 기업에 익숙한 사람은 그 가치를 잘 모르기 마련이다.

이건희 회장의 애니콜 화형식 퍼포먼스로 인해 삼성은 완전히 변했다. 이 퍼포먼스는 국내외 기사로 다뤄져서 국내뿐만 아니라 전 세계 사람들이 모두 보았다. 사람들은 삼성이 변하기를 기대했고 신뢰를 가졌다. 삼성은 그 기대와 신뢰를 바탕으로 다시 일어섰다. 초일류 기업으로 일어선 것이다. 이렇게 역사는 나중에 평가된다. 그 기업이 했던 일이 정말 변하고자 하는 일인지 또는 보여주기 위한 것인지는 시간이 지나고 결과가 말해준다. 지금 내가 쓰고 있는 역사는 3년, 5년, 10년 뒤에 내가 아닌 주위 사람들이 평가할 것이다. 흑역사를 빛나는 역사로 바꾸고 변화된 나를 볼 때, 사람들은 이렇게 말 할 것이다. "내가 너 그럴 줄 알았다. 넌 뭔가 다르더라."

° 남들은 모른다

우리는 매일 매일 내 역사를 쓰고 있다. 일기를 쓰는 사람은 글로 자료를 남기겠지만 일기를 쓰지 않더라도 내가 지나간 시간은 내 머리나 가슴에 또는 다른 사람의 기억에 기록되고 있다. 역사는 시간의 기록이다. 이 시간의 기록은 현재를 보기 때문에 미래에 어떻게 변할지 아무도 모른다. 지금의 내 모습이 다른 사람에게는 허술하고, 능력 없고 나약해 보이지만 변화를 시도하고 도전과 모험을 실천하는 사람은 발전한다. 대부분의 사람들은 지금의 내 모습을 보고 판단한다. 그럴 수밖에 없는 것이 그들이 나를 잘 모르기 때문이다.

베토벤은 바이올린을 다루는데 매우 서툴렀다. 연주를 개선하기보다는 스스로 작곡을 해서 연주하기를 더 좋아했다. 베토벤을 지도하던 음악 선생은 그의 연주를 듣고는 훌륭한 작곡가가 될 소질이 전혀 없다고 말했다.

월트 디즈니는 아이디어가 부족하다는 이유로 신문사 편집장에게 해고를 당했다. 그리고 그는 디즈니랜드를 세우기 전 여러 차례 파산을 경험했다.

아인슈타인은 다섯 살 때까지 말을 하지 못했고, 여덟 살이 될 때까지 글을 읽지 못했다. 그의 선생은 그를 "정신 발달이 늦고, 남들과 잘 어울리지 못하며, 어리석은 몽상 속에서 언제까지나 헤매고 다닌다."고 했다. 그는 결국 퇴학당했고, 취리히 과학기술전문학교에서도 거부당했다.

《전쟁과 평화》의 작가 톨스토이는 대학 때 낙제했다. 교수들은 그를 "배울만한 실력도 없을 뿐더러 배우려는 의지조차 없다."고 평가했다.

리처드 바크Richard Bach의 대표작 《갈매기의 꿈Jonathan Livingston Seagull》은 18개 출판사에서 거절당했다. [37]

당신이 아무리 세상에 관심이 없다고 해도 베토벤, 월트 디즈니, 아인슈타인, 톨스토이, 갈매기의 꿈리처드 바크는 몰라도은 들어봤을 것이다. 이들은 당시에 사람들에게 매우 저평가 받은 인물들이다. 이들 말고 이런 저평가를 받은 사람은 엄청 많다. 아마 당신도 그런 사람 중에 하나일 것이다. 하지만 기죽을 필요 없다.

베토벤은 훌륭한 작곡가가 될 수 없다고 했지만 교향곡 9개, 협주곡 5개, 실내악곡 15개, 피아노소나타 24개, 바이올린 소나타 3개, 오페라 3개를 작곡했다. 더 놀라운 것은 음악가에게 사형선고나 다름없는 청각장애를 딛고 위대한 업적을 이룩했다는 것이다. 월트 디즈니는 아이디어가 부족하다고 했지만 미키마우스, 도날드 덕 같은 다수의 애니메이션 캐릭터를 개발하면서 20세기 이후, 캐릭터 산업이라는 새로운 사업 영역을 개척했다. 1955년에는 그 누구도 상상 못한 거대 규모의 '디즈니랜드'를 건설하면서 어린이들이 상상하고 꿈꾸던 것이 눈앞에서 현실이 되는 경험을 할 수 있도록 했다. 아이디어가 부족한 사람이 만든 것 치고는 놀랍지 않은가?

아인슈타인은 저능아 같이 보였지만 1905년 광양자설, 브라운운동의 이론, 특수상대성이론을 연구하여 발표했다. 1916년에는 일반상대성이론을 발표해서 노벨물리학상을 받았다. 저능아가 할 수 있는 일이 겨우 노벨물리학상을 받는 것이다. 톨스토이는 공부를 못하는 낙제생이었지만 19세기 러시아 문학을 대표하는 세계적인 작가가 됐다. 그는 사실주의 소설의 대가가 되어 《전쟁과 평화》, 《안나 카레니나》, 《바보 이반》, 《이반 일리치의 죽음》을 썼다. 아쉽지만 낙제생은 이 정도 밖에 못한다. 18개의 출판사에서 거절당한 리처드 바크의 《갈매기의 꿈》은 미국에서만 7백만 부가 판매됐다. 이후 40개 언어로 번역되어 전 세계에서 4,000만 부가 넘게 판매됐다. 무시당했던 책은 역사에 남는 책이 됐다.

사람들은 잘 모른다. 지금 내가 가능성이 있는지, 성공할 수 있는지 판단하지 못한다. 그들은 지금 눈에 보이는 것으로만 판단한다. 그들도 방법이 없기 때문에 그럴 것이라고 생각된다. 우리만큼은 지금 기록되는 역사를 보고 판단하지 말자. 내일 기록될 역사는 누구도 알지 못한다. 내 역사는 내가 쓰고 내가 만드는 것이다. 역사의 주인공은 바로 당신이다. 지금 이 순간에 어떻게 하느냐가 당신의 역사를 결정한다.

> "평범한 사람은 어떻게 시간을 보낼까 생각하지만
> 지성 있는 사람은 어떻게 시간을 사용할까 노력한다."
>
> 쇼펜하우어

6장
—

흑역사는 나의 힘

당신은 특별하다

° 강아지똥

어린 아이가 사는 집에는 꼭 가지고 있는 책이 있다. 강아지똥이다. 결혼하지 않은 청춘들은 이 책이 무슨 책인지 잘 모를 것이다. 이 책을 통해 당신이 얼마나 소중하고 특별한지 이야기해보려 한다.

돌이네 흰둥이가 똥을 눴다. 골목길 담 밑 구석 쪽이다. 흰둥이는 조그만 강아지니까 강아지똥이다. 날아가던 참새 한 마리가 보더니 강아지똥 곁에 내려앉아 콕콕 쪼면서 말했다. "똥! 똥! 에그, 더러워." 그러고는 날아가 버렸다. "뭐야! 내가 똥이라고? 더럽다고?" 강아지똥은 화도 나고 서러워서 눈물이 났다. 바로 저만치 소달구지 바퀴 자국에서 뒹굴고 있던 흙덩이가 곁눈질로 흘끔 쳐다보고 빙긋 웃었다. "뭣 땜에 웃니, 넌?" 강아지똥이 화가 나서 대들 듯이 물었다. "똥을 똥이라고 하지 않고 그럼 뭐라고 부르니? 넌 똥 중에서도 가장 더러운 개똥이야!" 강아지똥은 그만 "으앙!" 울음을 터뜨려 버렸다.

한참이 지났다. "강아지똥아, 내가 잘못했어. 그만, 울지 마." 흙덩이가 정답게 강아지똥을 달랬다. "내가 너보다 더 흉측하고 더러울지 몰라." 흙덩이가 얘기를 시작했다. 강아지똥은 어느새 울음을 그치고 귀를 기울였다. "본래 나는 저쪽 산비탈 밭에서 곡식도 가꾸고 채소도 키웠지. 여름에는 보랏빛 하얀빛 감자꽃도 피우고." "그런데 왜 여기 와서 뒹굴고 있니?" 강아지똥이 물었다. "내가 아주 나쁜 짓을 했거든. 지난여름, 비가 내리지 않고 가뭄이 무척 심했지. 그 때 내가 키우던 아기 고추를 끝까지 살리지 못하고 죽게 해 버렸단다." "어머나! 가여워라." "그래서 이렇게 벌을 받아 달구지에 실려 오다 떨어진 거야. 난 이젠 끝장이야." 그 때 저쪽에서 소달구지가 덜컹거리며 오더니 갑자기 멈추었다. "아니, 이건 우리 밭 흙이잖아? 어제 싣고 오다가 떨어뜨린 모양이군. 도로 밭에다 갖다 놓아야지." 소달구지 아저씨는 흙덩이를 소중하게 주워 담았다. 소달구지가 흙덩이를 싣고 가버리자 강아지똥 혼자 남았다. "난 더러운 똥인데, 어떻게 착하게 살 수 있을까? 아무짝에도 쓸 수 없을 텐데." 강아지똥은 쓸쓸하게 혼자서 중얼거렸다.

겨울이 가고 봄이 왔다. 어미닭 한 마리가 병아리 열두 마리를 데리고 지나다가 강아지똥을 들여다봤다. "암만 봐도 먹을 만 한건 아무것도 없어. 모두 찌꺼기뿐이야." 어미닭이 고개를 절레절레 흔들며 그냥 가버렸다. 보슬보슬 봄비가 내렸다. 강아지똥 앞에 파란 민들레 싹이 돋아났다. "너는 뭐니?" 강아지똥이 물었다. "난 예쁜 꽃을 피우는 민들레야." "얼마만큼 예쁘니? 하늘의 별만큼 고우니?" "그래, 방실방실 빛나." "어떻게 그렇게 예쁜 꽃을 피우니?" "그건 하느님이 비를 내려 주시고 따뜻한 햇볕을 쬐어 주시기 때문이야." "그래. 그렇구나." 강아지똥은 민들레가 부러워 한숨이 나왔다. "그런데 한 가지 꼭 필요한 게 있어." 민들레가 말하면서 강아지똥을 봤다. "네가 거름이 돼 줘야 한단다." "내가 거름이 되다니?" "네 몸뚱이를 고스란히 녹여 내 몸 속으로 들어와야 해. 그래야만 별처럼 고운 꽃이 핀단다." "어머나! 그러니? 정말 그러니?" 강아지똥은 얼마나 기뻤던지 민들레 싹을 힘껏 껴안아 버렸다.

비는 사흘 동안 내렸다. 강아지똥은 온 몸이 비에 맞아 자디잘게 부서졌다. 부서진 채 땅 속으로 스며들어가 민들레 뿌리로 모여들었다. 줄기를 타고 올라가 꽃봉오리를 맺었다. 봄이 한창인 어느 날, 민들레 싹은 한 송이 아름다운 꽃을 피웠다. 향긋한 꽃 냄새가 바람을 타고 퍼져 나갔다. 방긋방긋 웃는 꽃송이에는 귀여운 강아지똥의 눈물겨운 사랑이 가득 어려 있었다. [38]

강아지똥을 읽고 혹시 눈물을 흘리지 않았는지 모르겠다. 필자는 이 책을 읽을 때마다 가슴이 찡하고 나를 사랑하게 된다. 사람들이 가장 무시하고, 더럽다고 생각하는 것이 개똥이다. 요즘은 서울에 돌아다니는 개가 별로 없어서 개똥을 쉽게 보지 못하지만 논밭이 있는 서울 근교로 나가면 돌아다니는 개와 개똥을 쉽게 볼 수 있다. 20년 전만해도 도시에 개와 개똥을 쉽게 볼 수 있었다. 당연히 개똥을 밟는 것도 흔하게 있었다. 학교 다닐 때 개똥을 밟으면 친구들이 그렇게 놀려대던 것이 기억난다.

강아지똥은 자신을 정말 쓸모없는 존재라고 생각했다. 새, 닭, 흙도 강아지똥을 하찮게 생각했다. 강아지똥은 자신이 의미 없는 존재, 쓸모없는 존재라고 생각했다. 자신의 진정한 가치를 잘 몰랐고, 주위에서 쓸모없는 존재라고 판단했기 때문이다. 하지만 민들레는 알았다. 민들레는 강아지똥의 진짜 힘이 무엇인지 알았다. 그 힘은 아름다운 꽃을 만드는 것이었다. 강아지똥은 그 사실을 알고 바로 자신을 던져 아름다운 꽃을 피웠다.

사람들은 자신의 존재 가치를 낮게 평가하는 경향이 매우 많다. 자신이 어떤 존재인지 알려주는 사람도 거의 없다. 날 낳아준 부모라도 나의 특별함을 알려주면 다행이지만 그렇지 않은 경우가 다반사다. 앞에서 말했지만 사람은 긍정보다 부정의 생각과 언어를 쉽게 사용한다. 나 자신을 생각할 때도 마찬가지다. 하지만 필자는 당신에게 이렇게 얘기하겠다. "당신은 매우 특별하다." 당신은 오직 이 우주를 통틀어 단 하나뿐인 존재다. 모습도 다르고 성격도 다르다. 쌍둥이라 할지라도 DNA가 다르다. 당신이 이 땅에 태어난 것은 우연이 아니다. 당신의 탄생은 오래전 계획됐고 존재의 이유가 있다. 당신은 당신의 비전을 이루고 행복해지도록 태어났다. 어느 누구도 당신의 행복을 빼앗을 수 없다.

아무짝에도 쓸모없다고 생각했던 강아지똥 조차 이 세상을 아름답게 할 꽃을 만들었는데 인간인 당신이 특별하지 않을 이유가 무엇인가? 그런 이유는 없다. 당신은 강아지똥보다 더 위대한 일을 할 수 있는 존재다. 믿기지 않는가? 믿어라. 그렇게 만들어졌다. 우주에서 자신을 변화시킬 수 있는 존재는 오직 인간밖에 없다. 사자가 자신을 변화시켜서 특별한 존재가 된 것을 봤는가? 호랑이가 변해서 특별한 존재가 됐는가? 어디에도 그런 일은 일어나지 않는다. 오직 사람만이 자신의 힘으로 변할 수 있다. 베토벤이 역사에 남을 작곡가가 된 것처럼, 아인슈타인이 물리학의 역사를 새로 쓴 것처럼 당신도 변할 수 있다. 당신이 변하면 세상이 바뀐다.

지금까지 내가 특별하다는 생각을 하지 못했다면 이제부터 매일 거울을 보고, 운동을 하면서, 산에 올라가서 소리쳐보자. "난 특별하다. 난 특별하다. 난 특별하다." "난 할 수 있다. 난 할 수 있다. 난 할 수 있다."

흑역사야, 고마워

° 결과 때문에

실패를 고마워할 수 있을까? 흑역사를 감사의 대상으로 삼을 수 있을까? 아마 쉽지 않을 것이다. 왜냐하면 흑역사는 숨기고 싶고, 잊고 싶은 녀석이기 때문이다. 흑역사를 고마워할 수 있는 단계에 올라간다면 당신의 인생은 혁명이 시작된다.

필자는 1년 전 기억이 더 희미해지기 전에 태어난 이후의 흑역사를 기록하기 시작했다. 그리고 흑역사를 통해 변화된 것이 무엇인지, 어떤 성과가 있었는지 생각해봤다. 역사는 나중에 평가되기 때문에 오늘의 흑역사는 빠르면 내일, 늦으면 몇 년 뒤에 평가될 것이다. 필자가 감사하는 흑역사를 공개해보겠다.

흑역사	감사
1살 때 죽었다가 3일 만에 살아나다.	한 번 죽었다 산 인생, 제2의 인생으로 감사하며 살고 있다.
고등학생 때 반에서 48등 했다. 정원 50명이다. 내 뒤는 운동부 2명이었다.	그 때 못한 공부 지금 열심히 하고 인생혁명을 이루었다.
대학 입시 떨어졌다. 3년 뒤 다시 공부해서 지방 대학에 겨우 들어갔다.	다른 대학으로 편입했다. 편입한 덕분에 아내를 만나서 결혼했다.
운전면허 실기시험에 3번 떨어졌다	지금 난 베스트 드라이버다.
20대에 모든 여자에게 차였다.	30대에 아내를 만나서 결혼했다.
내가 원하는 일자리에 이력서 내고 취업된 적이 없다.	회사 다녔으면 지금 이 책을 쓰지 못했다.
영화, CF 조감독으로 지내다가 포기했다.	그때 배운 기술로 현재 1인 크리에이터가 됐다.
아버지가 일찍 돌아가시고 가난하게 살았다.	헝그리 정신으로 지금도 가난이 두렵지 않다.
1집 앨범을 발표하고 쫄딱 망했다.	앨범 제작 노하우로 새 앨범 준비 중이다.
투자 두 번, 사업 한 번 실패했다.	세 번째 투자로 성공했다. 현재 사업가, 작가, 동기부여 강연가로 살고 있다.
여자 때문에 자살을 생각한 적이 있다.	그날 새벽에 여자는 많다고 생각 바꿨다.
드론 조종사 필기시험 불합격	열심히 공부해서 일주일 뒤 합격

어떤가? 흑역사로 기록됐던 역사가 시간이 흐른 뒤 빛나는 역사로 바뀌었다. 필자는 흑역사에 대해 항상 감사하고 있다. 한 가지만 콕 집어 얘기하고 싶다. 만약 서울 안에 있는 대학에 들어갔다면 굳이 편입하지 않았을 것이다. 대학 편입을 했기 때문에 지금의 아내를 만났고 결혼했다. 편입하지 않았다면 그녀를 만날 수 없었다. 왜 필자에게 아내가 중요할까? 지금 아내가 아니라면 난 이 책을 쓰지 못했을 것이기

때문이다. 두 번의 투자 실패와 한 번의 사업 실패에도 할 수 있다는 힘을 실어준 것이 아내였다. 실패한 배우자에게 "괜찮다. 할 수 있다. 다음에 잘 하자."고 말하기가 얼마나 어려운지 난 알고 있다. 그래서 나의 흑역사는 고마울 수밖에 없다. 당신은 어떤가? 당신은 흑역사를 고마워할 수 있는가?

영화배우 윌 스미스Will Smith는 큰 성공을 이룬 할리우드 배우 중 한 사람이다. 그는 이미 10대에 랩퍼Rapper로써 그래미상을 받았고 출연하는 영화마다 성공했다. 연속 8편이 흥행하는 역사적인 기록까지 가지고 있다. 이 정도 성공이면 실수를 하거나 사람들의 구설수에 오르는 스캔들이 있을만하다. 하지만 윌 스미스는 사람들에게 욕을 먹을 만한 일을 하지 않는 할리우드 스타로 유명하다. 그는 자기 관리를 철저히 하는 사람이다. 자기 관리를 철저히 하는 사람인 윌 스미스는 실패에 대해 사람들에게 이렇게 격려한다.

"사람들이 안타깝게 느껴지는 순간이 있다. 바로 실패에 대해 부정적인 이미지를 갖고 있을 때다. 실패는 사실 성공으로 이어지는 조건의 많은 부분을 차지한다. 여러분은 실패를 받아들여야 한다. 불편한 관계가 아닌 편안한 관계가 되어야 한다. 실패에는 성공을 위한 모든 교훈이 담겨 있다.

피트니스 센터에서 근육을 기르기 위해서는 열심히 운동을 해야 한다. 시간이 지나면 꾸준한 운동 끝에 근육이 붙기 시작한다. 바로 그 때 성장을 경험한다. 성공하는 사람들은 많이 실패한다. 성공보다 훨씬 더 많은 실패를 경험한다. 하지만 그들은 실패 속에서 교훈을 배운다. 그들은 성장을 위한 힘으로 그 교훈을 비축하고 다음 성공을 향해 더욱 노력한다.

결코 시도를 멈추지 마라. 자신의 역량을 최고치로 끌어올려 나아가라. 우리는 실패를 경험할 수 있는 환경에 있어야 한다. 이것이 바로 연습이 필요한 이유다. 연습은 실패를 조절할 수 있게 한다. 자기 스스로를 한계로 밀어 붙이고 계속해서 밀어 붙여라. 그러다 보면 견디지 못하고, 때로는 할 수도 없는 상황이 올 거다. 하지만 계속 시도하다 보면 임계점이 넘는 어느 순간이 온다. 그때가 바로 완벽한 적응을 하게 되는 때다. 어떤 점을 더 발전시켜야 하는지 알려주는 것이 바로 실패가 주는 가장 큰 교훈이다. 빨리 실패하라. 자주 실패하라. 실패로 나아가라."

흑역사가 고마운 이유는 나를 지금보다 더 위대한 나로 발전시키기 때문이다. 지금은 흑역사 때문에 지치고 힘들 수 있다. 낙담과 걱정 가운데 있을 수 있다. 나도 그런 사람이었다. 우리의 흑역사는 힘이 되어 1년 뒤 변화된 내가 거울 앞에 서있을 것이다. 나는 확신한다. 내가 그렇게 변했고 수많은 위대한 선배들이 그렇게 성공했기 때문이다.

지금의 흑역사에게 고마워하자. 지금의 흑역사가 미래의 빛나는 역사가 될 것이다. 흑역사는 당신의 힘이 되어 팔과 다리에 근육을 붙이고 누구보다 빠른 속도로 달려가게 할 것이다. 필자는 지금도 매일 한 시간씩 전투적으로 운동한다. 1년 전보다 많은 근육이 붙었다. 인생 최대의 몸 근육 전성시대를 맞이했다. 난 이 근육으로 내 모든 흑역사를 발판으로 달려갈 것이다. 나와 같이 달려가자. 비전을 향해.

비전을 가져라

흑역사로 힘을 얻어서 어디에 힘을 쏟아 부을지는 매우 중요하다. 비전, 꿈, 목표도 없이 힘을 쏟아 붓는 것은 아무 의미가 없다. 자신의 비전을 찾고, 그 비전을 향해 전진할 때 흑역사는 힘이 되어 빛나는 역사를 쓰게 된다. 필자가 흑역사를 중요하게 생각하는 것은 바로 비전 때문이다. 흑역사는 비전을 이루기 위한 과정이고 시작점이다.

° 비전이란

우리는 어릴 적 많은 꿈과 비전을 가지고 살아간다. 책과 TV를 통해서 또는 부모님이 하는 일이나 주위 환경에 의해 꿈을 가지게 된다. 비행기가 날아가는 모습을 보고 비행기 조종사가 되고 싶거나 멋진 자동차 경주를 보고 자동차 레이서가 되고 싶기도 한다. 비전이 무엇이기에 사람의 미래를 꿈꾸게 하는 것일까?

Vision은 외국어이긴 하지만 이제는 국어사전에 기록된 '비전'이라는 외래어가 됐다. 국어사전에서 비전은 '내다보이는 장래의 상황'을 의미한다. 우리는 "그 회사는 비전이 없다.", "그 직업은 비전이 불투명하다.", "나는 오늘 큰 비전을 세웠다."라고 말한다. 문학비평사전에서는 비전이란 상상력, 직감력, 통찰력을 뜻하거나 미래상, 미래의 전망, 선견지명과 같은 뜻을 가지고 있는 용어라고 표현한다.

즉, 비전이란 보이지 않는 것을 보는 것이다. 장래의 상황, 상상력, 미래상과 미래의 전망 같은 것은 우리가 눈으로 볼 수 없다. 왜냐하면 실제로 존재하는 것이 아니기 때문이다. 이렇게 실제로 보이지 않는 것을 내 머리로 그리고, 그린 그림을 실제화 시킬 수 있는 것이 바로 비전이다. 비전은 눈에 보이지는 않지만 볼 수 있는 것이고 지금은 없지만 미래에는 있다.

한국노동연구원의 《첫 직장을 스스로 빠르게 나가는 이유는?》이라는 제목의 보고서에 따르면 2017년 청년15~29세 첫 직장 경험자 409만 2000명 중 입사 1년 이내 이직은 36.2%인 148만 명이라고 한다.[39] 가장 큰 이직 원인은 월급이다. 회사에서 하는 노동에 비해 낮은 월급을 받고 더 이상 근무할 수 없었기 때문이다.

36.2%의 젊은이가 첫 회사를 떠날 때 어떤 생각을 할까? 아마도 그들은 "이 회사는 내 비전과 맞지 않다.", "이 회사는 비전이 없어."라고 이야기 할 것이다. 물론 회사의 업무가 많고 월급이 적다고 모든 기업에 비전이 없는 것은 아니다. 만약 회사에 비전이 정확하게 제시되어

있다면 직원들은 업무가 많거나 월급이 적다고 해서 그 회사를 떠날 확률은 많지 않다. 왜냐하면 비전은 목표를 가지고 미래의 성공을 이룰 수 있는 힘을 주기 때문이다.

° 나를 아는 것이 비전의 시작이다

켄 블랜차드는 《비전으로 가슴을 뛰게 하라》에서 비전에 대한 정의를 이렇게 내렸다. "비전은 자신이 누구이고, 어디로 가고 있으며, 무엇이 그 여정을 인도할지를 아는 것이다." 자신이 누구인지를 아는 것은 이 세상에 태어난 자신의 목적을 분명히 인식하는 것이다. 그 누구도 자신이 태어난 목적이 없는 사람은 없다. 모든 사람은 태어난 목적이 있고 그 목적을 이룰 수 있는 힘이 주어진다. 그것을 아는 사람은 비전을 아는 사람이다.

어디로 가고 있는지를 아는 것은 내가 가는 방향을 아는 것이다. 배는 항상 목적지를 정해놓고 항해한다. 목적지를 아는 것은 언제 어떻게 누구와 함께 목적지에 도착하겠다는 목표가 있는 것이다. 내가 어디로 가고 있는지 아는 것은 미래의 청사진을 나타낸다. 청사진이 무엇인가? 설계도 같은 그림을 복사하는데 사용하는 기법이다. 청사진을 가장 많이 사용하는 분야는 건축 설계다.

필자는 20대 초반에 건축 설계 기사로 일했다. 처음 입사해서 한 일은 선배들이 반투명한 도면에 그린 설계도를 창고에서 청사진으로 만드는 일이었다. 하루에 수천 장을 만든 일도 있는데 지금도 암모니아

냄새가 느껴진다. 당시에는 청사진을 만드는 설비에 암모니아를 넣어 사용했다. 반투명한 설계도에 그려진 그림은 청사진으로 만들었을 때 명확하게 보인다. 그런 후에 청사진은 각 분야 담당 기사들이 볼 수 있도록 전달된다. 청사진을 본 담당 기사들은 설계도를 통해 건물의 그림을 상상하고 공사를 통해 실제 건물을 만든다. 어디를 가고 있는지를 아는 것은 정확한 수치와 방법을 제시하는 청사진과 같다. 이 청사진이 없다면 미래는 불투명하다.

여정을 인도하는 것은 가치에 해당된다. 가치는 자기의 욕구나 의지의 욕구를 충족시키는 것이다. 내가 어디에 가치를 두는지에 따라 여행의 방향이 바뀔 수 있다. 내가 만약 온 인류의 평화에 가치를 둔다면 비전의 여행은 사람에 초점을 맞추게 될 것이다. 내가 돈에 가치를 둔다면 내 생활은 인간을 돈 아래에 두는 실수를 범하게 될 것이다.

흑인 인권 운동가 마틴 루터 킹은 꿈이 있었다. 그 꿈은 피부색과 종교에 상관없이 모든 사람이 평등하고 자유롭게 되는 것이었다. 그는 자신의 목적, 미래의 청사진과 이루게 될 가치가 무엇인지 정확하게 알았다. 1955년부터 1968년 죽기 직전까지 13년 동안 마틴 루터 킹 목사의 비전은 흔들리지 않았다. 결국 그의 비전은 미국이 인종 차별이 없는 나라가 되게 했고, 2009년에는 처음으로 흑인 대통령이 나와 세상을 놀라게 했다. 마틴 루터 킹 목사의 비전은 무모하고 불가능할 것 같았지만 결국 성취됐다. 비전은 당신이 누구이고, 지금 어디로 가고 있으며, 무엇이 그 여행을 인도하는지 아는 것이다.

° 목표는 비전이 아니다

우리는 자주 비전과 목표를 혼동한다. 만일 당신이 "아름다운 몸매를 가지고 싶다.", "넓고 큰 주택을 구입하고 싶다.", "아름다운 별장을 가지고 싶다.", "고급 승용차를 구입하겠다.", "많은 돈을 모으고 싶다.", "최고 경영자가 되고 싶다."고 생각한다면 그것은 비전이 아니라 목표를 말하는 것이다. 목표는 언제든지 바뀔 수 있는 여지가 많다. 비전은 바뀔 수 있는 여지가 적다. 비전은 바뀌는 것이 아니라 점점 넓어지고 높아진다.

목표를 비전으로 알고 산다면, 목표가 성취된 후 큰 기쁨을 얻을 것이다. 시간이 지나면 그 기쁨은 없어지고 다시 다른 목표를 정해서 시도할 것이다. 이런 다람쥐 쳇바퀴 도는 삶이 된다면 언젠가 목표를 향해 가는 자신의 모습이 초라해질 것이다. 비전이 없는 목표는 잠깐 맛볼 수 있는 기쁨이다. 비전이 있는 목표를 성취한다면 그 기쁨은 계속 유지되고 만족을 얻게 된다. 목표는 나의 기쁨을 채우지만 비전은 우리의 기쁨을 채워준다. 비전이 성취된다는 것은 많은 사람에게 많은 영향을 주는 것이다.

비전은 내 삶에서 영원한 생명을 가지고 있다. 폭포수처럼 열정이 솟아나게 한다. 비전은 목표와 달리 쉽게 이룰 수 있는 것이 아니다. 비전은 우리가 삶의 의미를 찾을 수 있게 하고 우리 마음속에 꿈과 희망의 뿌리를 깊게 한다. 비전은 우리에게 주어진 환경이나 제약을 뛰어넘을 수 있게 한다. 비전은 우리가 원하는 성공을 만들어준다.

비전은 우리 인생의 길잡이 역할을 한다. 우리가 가진 잠재능력을 발휘하는 힘을 부여하며, 우리가 방향을 잃지 않도록 자동 항법 장치 역할을 한다. 실패하고 좌절할 때도 다시 일어설 수 있도록 동기를 부여해준다. 우리가 이루고자 하는 꿈이 헛된 꿈이 되지 않도록 우리의 마음에 강력한 신념을 불어넣어주는 것이 바로 비전의 힘이다.[40]

삼성전자는 휴대전화 화형식을 통해 초일류기업이 되고자 이런 비전을 정했다. "인재와 기술을 바탕으로 최고의 제품과 서비스를 창출하여 인류 사회에 공헌한다." 삼성전자의 목표는 초일류기업이다. 지구에서 존재하는 어떤 기업보다 위대한 기업을 만드는 것이다. 이유는 인류 사회에 공헌하기 위해서다. 이것이 삼성전자의 비전이다. 삼성전자는 지난날의 흑역사를 교훈으로 삼고, 흑역사로 힘을 얻어 지금 초일류기업이 되고 있다. 그들에게는 아픈 흑역사와 비전이 있었다. 흑역사를 통해 비전이 실제로 이루어지고 있는 것이다.

비전을 가져라. 자신만의 비전이 반드시 있다. 비전을 찾고 달려갈 준비를 하라. 지금까지의 흑역사가 당신을 비전으로 이끌 것이다. 그 흑역사가 당신에게 큰 힘이 되어 어떤 장애물이 있을지라도 부서버리고 나갈 것이다. 비전은 당신이 가야 할 바를 알려주는 내비게이션이고 원동력이다. 비전은 환경을 초월하고 불가능을 가능하도록 한다. 갈 바를 몰라 헤매고 있을 때 비전이 당신을 도와줄 것이다.

이제 행동하라

비전을 세웠다면 행동이 필요하다. 비저너리Visinary는 비전을 세우고 행동하는 사람이다. 몽상가Dreamer는 꿈만 꾸는 사람이다. 비저너리와 몽상가의 차이점은 행동이다. 행동을 하면 비저너리고 행동을 하지 않으면 몽상가다. 흑역사를 지나 빛나는 역사로 가기 위해서는 행동해야 한다. 다음 11가지의 행동 요령을 잘 읽고 실천해보기 바란다. 더 자세한 원리 설명은 《비전을 향하여》를 참고하면 된다.

1) 믿음으로 시작하라

자신을 믿어라. 자신을 믿지 않으면 어떤 일도 시작할 수 없다. 모든 일은 시작이 중요하다. 빛나는 역사는 지금 서 있는 자리에서 발을 띄는 순간 시작된다. 발을 띄는 것은 나 자신이다. 나 자신을 믿어야만 시작된다. 심한 교통사고를 당해 다리가 불편한 환자가 있다. 그는 다시 걷기 위해서 재활치료를 받는다. 머리부터 허리까지는 어른인데 다리는 막 걷기에 도전하는 1살 된 아기와 같다. 그에게 필요한 것은 무엇일까? 믿음이다. 다시 걸을 수 있다는 믿음과 반드시 걸어야 한다는 믿음이다. 만약 믿음이 없다면 그는 평생 휠체어에 앉아 남은 생을 보내야 한다. 이제 비전에 대해 안 당신은 재활치료를 받는 이 환자와 같다. 머리부터 허리까지는 어른이었지만 다리는 아이였다. 당신이 믿음을 가지고 발을 띄어야 비전 여행은 시작된다.

2) 긍정의 힘을 사용하라

긍정의 힘을 사용하고 싶다면 긍정적인 언어를 사용하라. 당신이 입술로 소리 내어 말하면 당신의 뇌는 그대로 믿는다. "나는 나 자신을 믿는다. 나는 모든 것을 할 수 있다. 나는 미래를 바꿀 수 있다. 나는 성공할 수 있다."고 지금 소리 내어 말해보자. 부정적인 말은 절대 사용하지 말자. 부정적인 글도 쓰지 말자. 부정적인 친구도 사귀지 말자. 혼자 있을 때뿐만 아니라 친구, 직장 동료와 가족들을 만나도 항상 긍정의 언어를 사용하라. 당신 주위의 모든 사람에게 긍정의 언어를 전파하라.

3) 습관을 만들어라

어떻게 해야 열정적이고 열광적으로 집중할 수 있을까? 좋은 방법은 일상생활의 습관을 만들면 된다. 일상생활의 습관을 만들고 그 습관을 유지하고 발전하기 위해 노력하면 자연스럽게 집중할 수 있다. 우리가 집중하지 못하는 가장 큰 이유는 좋은 습관이 없기 때문이다. 좋은 습관은 훈련을 통해서 길러진다. 습관은 어떤 행위를 오랫동안 되풀이하는 과정에서 저절로 익혀진 행동 방식이다. 저절로 익히기 위해서는 매일 반복해야 한다. 습관은 매일의 행동 방식이다.

4) 목표에 열정을 가져라

목표를 설정하고 그 목표를 상상하라. 열정이 생길 때까지 상상하라. 상상하고 기뻐하라. 목표에 열정을 가져라. 열정이 당신을 행동하도록 이끌 것이다. 열정이 폭발할 때 많은 사람이 당신을 알아볼 것이다. 많은 사람이 당신 옆에 서 있기조차 힘들지 모른다. 당신에게서 뿜어져 나오는 열정의 열기로 인해 숨이 막힐지도 모른다. 목표를 이룰 때까지 열정의 불을 끄지 말자.

5) 멀리 보고 목표에 집중하라

비전을 세우고 목표를 정하면 1년 안에 이룰 수 있을 것 같은 착각에 빠진다. 사람은 한 가지를 오래하는 것이 힘들다. 오래할 수 있는 힘을 키워야 되는데 그 힘이 인내다. 인내를 가지고 비전을 멀리 봐야 한다. 비전은 당장 이룰 수 있는 100미터 달리기가 아니라 보이지 않는 42.195Km의 마라톤 결승선과 같다. 일반 아마추어 선수들이 마라톤 결승선에 도착하는 시간이 5~7시간이다. 이 긴 시간 동안 완주하는 선수들은 보이지도 않는 결승선을 향해 달린다. 이를 악물고 내가 도달할 결승선을 상상하며 달린다. 인내를 가지고 멀리 볼 때 비전은 점점 가까워진다.

6) 시간을 쪼개서 사용하라

비전을 위해서 무엇이든지 하려는 결단을 했다면 규칙적인 생활과 틈새 시간 활용법으로 나를 통제할 수 있다. 나를 통제하는 사람이 목표에 빠르고 정확하게 도달한다. 아래 방법으로 다른 사람보다 시간 활용을 충분히 할 수 있고 나를 통제하는데 유용하다. a부터 g까지 집중해서 읽고 실천해보자.

a. '현재 시간 사용표'를 작성하라
b. 일찍 자고 일찍 일어나라
c. 항상 책을 읽어라
d. 집안일을 하라
e. 운동을 하라
f. 모든 중독을 끊어라
g. '미래 시간 사용표'를 작성하라

7) 롤 모델을 따라하라

롤 모델은 자기가 마땅히 해야 할 직책이나 임무 따위의 본보기가 되는 대상이나 모범이다. 새로운 일을 시작할 때 혼자 힘으로 하는 사람도 있지만 이럴 경우 매우 많은 에너지를 소비해야 한다. 모든 것을 스스로 찾아서 해야 된다. 그러나 롤 모델이 있다면 조언을 얻거나 도움을 받을 수 있고 따라할 수도 있다. 그러면 혼자 힘으로 하는 것보다 에너지가 덜 소비된다.

8) 버킷 리스트를 만들어라

비전을 성취하기 위해 가장 먼저 해야 할 일이 글로 기록하는 것이다. 인간의 뇌는 한계가 있고 중요하지 않은 일에 시간을 많이 소비하기 때문에 글로 기록하는 것이 필요하다. 당신이 아이큐 150의 멘사 회원일지라도 비전 성취의 첫 걸음은 기록이다. 기록하는 사람을 이길 수 있는 천재는 없다. 천재가 특별한 것은 언제 어디서나 메모하기 때문이다. 천재뿐만 아니라 성공한 사람의 습관도 메모를 하는 것이다.

9) 보물 지도를 만들어라

보물지도의 역할은 자신의 머릿속에 있는 '흐릿한 소망'을 바로 눈앞에 '명확한 이미지'로 나타내는 것이다. 뇌는 단지 명확한 이미지를 떠올리는 것만으로 당신의 진정한 소망과 목표를 인식하고, 그것을 실현시키는 쪽으로 움직인다. 거기에는 특별한 힘이나 노력도 필요 없고 스트레스도 생기지 않는다. 우리 뇌는 신기하게도 어떤 이미지를 선명하게 반복적으로 떠올리면 비록 기회를 알아보지 못하고 지나쳤더라도 무의식중에 다시 '기회'를 끌어당긴다. 그래서 결국 자신과는 무관하다며 지나쳤던 것들이 사실은 소망 성취로 가는 중요한 단계였음을 깨닫게 된다. 이것이 바로 보물지도의 '마법'이다.

10) 이루기 위해 생생하게 꿈꿔라

비전은 눈에 보이지 않는 것이다. 상상만 가능하다. 눈에 보이지 않기 때문에 상상만 하면 언젠가 지치고 비전에서 멀어진다. 상상하는 시간이 줄어들수록 비전은 희미해진다. 시각화 기법은 생생하게 꿈꾸기 위해 가장 좋은 방법이다. 비전을 표현할 수 있는 모든 수단을 동원하라. 목표를 글로 쓰고 사진으로 만들어라. 매일 하루에 한 번은 반드시 상상해야 비전에서 멀어지지 않고 가까이 갈 수 있다. 생생하게 꿈꾸기 위해 다음 방법을 따라 해보자.

　　a. 비전선언문을 작성한다. 소리 내어 읽고 상상한다.
　　b. 연간계획표를 작성한다. 소리 내어 읽고 상상한다.
　　c. 버킷 리스트를 작성한다. 소리 내어 읽고 상상한다.
　　d. 보물지도를 만든다. 눈으로 보고 상상한다.
　　e. 액션 플랜을 작성한다. 소리 내어 읽고 행동하며 상상한다.

11) 비전을 계속 확대하고 수정하라

당신이 지금까지 만든 비전선언문, 연간계획표, 버킷 리스트, 보물지도, 액션 플랜은 이제 시작 단계에 불과하다. 처음 비전을 세울 때는 내가 이룰 수 없는 꿈과 목표라고 생각한다. 하지만 놀랍게도 비전을 이루기 위해 행동을 취하다보면 목표가 하나씩 이루어지고 비전에 가까이 다가간다. 목표가 하나씩 이루어지면 처음에 세웠던 비전이 조금은 작아 보이고 금방 이룰 수 있을 것 같다. 또 생각하지 못했던 더 큰 비전이 생기기도 한다. 이럴 때 비전은 스스로 확장한다. 비전은 지금보다 더 높은 비전을 찾는다. 만약 그 비전이 많은 사람에게 영향을 주는 성공이라면 비전은 더 많은 사람에게 영향을 주기 위해 더 큰 비전을 제시한다. 우리는 그 비전을 자연스럽게 알 수 있다. 비전은 비전을 부르기 때문이다.

행동할 때 생기는 일

필자는 비행기를 탈 때마다 드는 생각이 "어떻게 이렇게 무거운 비행기가 뜰 수 있을까?"였다. 대충 엔진의 힘을 이용해서 그럴 거라는 생각은 했지만 어떤 원리인지는 잘 알지 못했다. 이번에 드론 조종사 시험을 준비하면서 그 비밀을 제대로 알게 됐다. 복잡한 수학과 물리 공식이 있지만 쉽게 생각하면 된다.

첫 번째로 비행기가 어떻게 땅에서 하늘로 뜨는 것일까? 비밀은 맞바람, 날개, 엔진에 있다. 비행기가 이륙하기 위해 긴 활주로 끝에 선다. 활주로에는 맞바람이 불어야 한다. 맞바람이 불 때 비행기는 엔진의 출력을 높여 출발한다. 이 때 속도가 엄청 빠른데, 왜냐하면 비행기 날개로 맞바람에 의한 양력을 발생시켜야 되기 때문이다. 빠른 속도로 달리면 맞바람에 부딪히는 날개 위아래 공기의 압력차가 생긴다. 날개 아래 압력은 높고 날개 위 압력은 낮다. 압력은 높은 곳에서 낮은 곳으로 이동하기 때문에 날개 아래 공기 압력이 날개 위 공기 압력 쪽으로 이동한다. 이 때 발생하는 것이 양력이다. 엔진에 의해 발생한 비행기의 빠른 속도가 날개에 의해 발생된 양력으로 하늘을 나는 것이다. 이 비밀 속에 숨겨진 원리가 뉴턴의 제3법칙과 베르누이 원리다.

두 번째로 비행기는 하늘에서 어떻게 나는 것일까? 양력의 비밀을 알았으면 이 원리는 더 쉽다. 비행기가 날아갈 때 작용하는 힘이 네 가지가 있다. 양력, 중력, 추력, 항력이다. 양력은 비행기 날개에 발생하는 힘으로 공기 압력차에 의해 뜨게 하는 힘이다. 중력은 양력에 반대하는 힘으로 지표 근처의 물체를 아래 방향으로 당기는 힘이다. 추력은 엔진에서 분출되는 고밀도의 공기를 배출하면서 나오는 힘이다. 비행기가 빨리 날아갈 수 있도록 해준다. 항력은 추력의 반대 힘으로 비행기가 전진하면서 부딪히는 공기의 저항력이다. 공기 밀도가 높고 습도가 많으면 항력이 높아서 추력을 많이 사용해야 한다.

비행기가 빨리 날아가려면 양력과 추력을 사용해야 한다. 특히 추력을 많이 사용하면 빨리 날 수 있다. 만약 날씨가 흐리고 비가 내린다면 항력이 많아져서 더 많은 추력을 사용해야 한다. 이 네 가지 힘의 비율을 적절히 맞추면 목적지까지 안전하고 빠르게 도착할 수 있다. 이 네 가지 힘이 비행기를 하늘에서 날게 하는 것이다.

우리가 비전을 향해 행동할 때 벌어지는 일이 비행기의 비행과 매우 비슷하다. 처음 비전을 향해 행동하면 저항이 심하다. 나 자신의 내

부적인 저항이 가장 크고 외부의 시선과 말이 나를 움직이지 못하게 한다. 하지만 잊지 마라. 비행기는 맞바람이 있어야 날 수 있다. 만약 뒤바람만 불면 비행기는 날 수 없다. 적당한 맞바람이 있어야 날 수 있다. 우리의 모험도 누군가의 도움을 얻어 출발한다면 곧 실패할 것이다. 적당한 저항이 있어야 좋은 출발을 한다. 당신이 비전을 향해 행동할 때 저항에 낙담하지 마라. 그 저항은 당신이 날아가기 위해 꼭 필요한 도움이다. 저항이 오면 웃어라. 좋은 기회가 왔다는 신호다.

저항을 이기고 비전을 향해 행동하고 나면 찾아오는 것이 또 다른 저항이다. 그것이 조금일 수도 있고 많을 수도 있다. 작은 저항이라면 우리의 에너지를 조금만 사용하면 극복할 수 있다. 큰 저항이라면 큰 에너지를 사용하면 된다. 만약 비행기에 맞바람이 없다면 비행기는 양력이 없어서 아무리 엔진의 힘을 사용해도 추락한다. 엔진의 힘만으로 400Kg이 넘는 비행기를 하늘에 띄울 수 없다. 비전을 향한 비행에도 적당한 저항이 있어야 발전하고, 목표까지 안전하게 갈 수 있다. 시험과 난관이 없는 비행을 기대하지 말자. 그런 기대는 우리를 실패로 데리고 간다. 당신은 날 수 있다. 비전을 위해 행동하자.

세상을 바꿔라

° 흑역사가 세상을 뒤집다

스티브 잡스Steven Paul Jobs는 애플 창업 이후 스티브 워즈니악이 개발한 최초의 개인용 컴퓨터 '애플I'을 공개했다. '애플I'은 모니터도 없고 디자인도 투박했으나 의외로 큰 반응을 보이며 판매에 성공했다. 그는 '애플I'에 이어 '애플II'와 '애플II+' 같은 후속 모델이 차례로 성공하면서 명성과 부를 얻게 됐다.

애플의 성공에 힘입어 스티브 잡스는 주도적인 경영을 시작했다. '애플III'를 워즈니악 없이 만들었다가 실패했다. 자신의 딸 이름을 붙인 '리사 프로젝트'를 진행했지만 리사 팀에서 쫓겨났다. 매킨토시 팀으로 자리를 옮겼지만 다른 팀과 불화를 만든 이유로 잡스의 위치가 위험했다. 회사 경영을 맡기기 위해 자신이 데려온 존 스컬리John Scully와의 마찰도 끊임없이 발생했다. 1985년 결국 스티브 잡스는 이사회 투표로 자신이 설립한 회사에서 쫓겨났다.

애플에서 쫓겨난 잡스는 애플에서 데려온 엔지니어 몇 명과 함께 프로그램 회사인 NeXT를 세웠다. 그는 1986년 조지 루카스George Lucas 감독의 컴퓨터 그래픽 회사를 인수했다. 잡스는 회사 이름을 픽사Pixar 로 바꾸고 10년간 6천만 달러를 투자하여 할리우드 최고의 애니메이션 회사로 키워냈다.

픽사는 여러 번 단편 애니메이션 분야에서 오스카상을 받았다. 1995년 잡스는 픽사 최초의 장편 3D 애니메이션 '토이 스토리Toy Story' 로 큰 성공을 거두었다. 토이 스토리의 성공과 픽사 덕분에 잡스는 실패한 CEO의 대명사에서 차세대 IT 산업의 리더로 복귀했다. 한편 잡스와 워즈니악이 없던 애플은 10억 달러의 적자만 쌓여가고 있었다. 애플의 CEO였던 길 아멜리오Gil Amelio는 '토이 스토리'로 성공한 스티브 잡스를 복귀시켰다. 잡스는 1997년 12년 만에 자신이 세운 회사로 복귀했다.

잡스는 애플의 경영권을 잡은 지 1년 만에 10억 달러 적자에서 4억 달러 흑자로 돌아서는 기적을 만들었다. 2001년 잡스는 터치 기술과 디자인으로 세상을 놀라게 한 아이팟을 출시했고 3억 개의 판매고를 올렸다. 아이팟의 출시는 음악 산업 전체를 바꿔버렸다. 2007년 아이팟의 모양을 한 스마트폰 아이폰이 출시됐다. 아이폰은 출시 이후 스마트폰이라는 개념 자체를 바꾸었다. 2010년에는 태블릿 아이패드를 출시했다. 아이패드는 아이폰을 뛰어넘는 빅히트를 기록했다. 41)

스티브 잡스는 이 시대 혁신의 아이콘이다. 지금 그는 죽고 전설로 남았지만 그의 혁신은 애플을 통해 계속 이어지고 있다. 혁신의 아이콘이었던 잡스도 사실은 부끄러운 흑역사가 있었다. 너무 뛰어난 인물이라 그에게 어떤 흑역사가 있는지 사람들은 잘 모른다. 그 흑역사는 바로 자기가 만든 회사에서 쫓겨난 것이다. 스티브 잡스는 부모에게 버림받고 새 부모에게 입양돼서 자랐다. 아마 그런 영향도 있어서인지 성격이 평범하지는 않았다. 철학에 심취하고 도를 닦았다. 그래서 혁신의 아이콘이 됐는지도 모르겠다.

애플 컴퓨터의 성공으로 독단적이고 독선적으로 일을 진행했다. 자신이 사장이니 맘대로 하려고 했던 것 같다. 하지만 미국 주식회사는 냉철하다. 회사에 피해가 간다고 생각되면 창업주라도 쫓아내버린다. 결국 스티브 잡스는 본인이 만든 회사에서 쫓겨났다. 다행히 픽사의 성공으로 12년 만에 애플로 돌아왔지만 그 사건은 잡스에게 큰 충격을 줬다. 애플로 돌아온 잡스는 한 인터뷰에서 자신이 애플에서 쫓겨나지 않았다면 픽사의 성공도, 애플의 신화도 이루지 못했을 거라고 고백했다.

스티브 잡스가 도를 닦긴 한 것 같다. 왜냐하면 자신이 세운 회사에서 쫓겨나고도 새로운 일에 도전해서 성공했기 때문이다. 보통 사람 같으면 좌절과 복수심으로 애플에 돌아가려고 작전을 세우거나 애플을 무너트리려고 했을 것이다. 하지만 스티브 잡스는 전혀 그렇게 하지 않았다. 그는 자신만의 아이디어와 전략으로 새로운 사업을 하고 성공했다. 잡스는 자신의 흑역사를 뒤로 하고 애플로 돌아와서 세상을 뒤집는 놀라운 일을 했다. 아이팟, 아이폰, 아이패드는 음악 산업, 그래픽, IT, 벤처기업 같은 전 세계의 문화와 산업에 많은 영향을 주었다. 21세기의 문화와 산업은 아이폰 전과 후로 나눌 수 있을 정도다. 그의 흑역사가 없었다면 이런 놀라운 일이 일어났을까?

° 악덕 기업가의 변신

스티브 잡스처럼 자신의 흑역사로 세상을 변화시킨 또 한 사람이 있다. 그의 이름은 존 D. 록펠러John Davison Rockefeller다. 록펠러는 30세에 이미 백만 달러를 벌었다. 40세에는 세계 최대의 독점 사업인 스탠더드 오일Standard Oil Co.사를 만들었다. 그러나 50세 때에는 번민에 사로잡히게 됐다. 번민과 매우 긴장된 생활 때문에 그는 건강을 잃고 말았다.

록펠러는 53세에 이상한 소화불량 질환에 걸려 머리카락과 눈썹이 약간 남았을 뿐, 속눈썹까지 모두 빠져 버렸다. 의사들은 그의 증상이 신경성 탈모증의 일종이라고 했다. 탈모의 진행이 너무 심했기 때문에 한때는 두건을 쓰고 다녔다. 나중에는 한 개에 5백 달러나 하는 금발 가발을 쓰고 다녔다. 록펠러는 원래 건강하게 태어났다. 농가에서 자라난 그는 떡 벌어진 어깨와 올바른 자세, 튼튼한 다리를 갖고 있었다. 하지만 53세라는 한창 나이에 그의 어깨는 처지고 다리는 후들거렸다. 거울에 비친 그의 얼굴은 노인 같았다.

록펠러는 문자 그대로 자기 자신을 무덤 바로 직전까지 끌고 갔다. 23살부터 이미 그는 목적을 향해 돌진했다. 그를 아는 사람들에 의하면, 어떤 돈벌이가 있다는 말을 들을 때 빼고는 록펠러는 절대로 웃는 얼굴을 보이지 않았다고 한다. 돈을 많이 벌었을 때는 모자를 바닥에 내던지며 의기양양 좋아했지만, 손해를 보았을 때는 금방 병이 나고는 했다. 그는 수백만 달러의 거부이면서도 언제나 그것을 잃지 않을까 불안을 느끼고 있었다. 그 걱정으로 건강에 문제가 생긴 것도 이상한 일은 아닐 것이다. 그에게는 운동이나 여가생활이 없었다. 극장에도 가지 않았고, 노름도 하지 않고, 파티에도 간 적이 없었다. 돈에 대해서만큼은 그는 거의 미치광이였다.

록펠러는 예전에 오하이오 주 클리브랜드에 살 때 이웃에게 "남이 나를 좋아해 주기 바란다.”고 고백한 적이 있다. 하지만 냉혹하고 시기심이 강한 그를 누구도 좋아하지 않았다. 그를 잘 알든 모르든 모두가 그와 거래하기를 꺼렸다. 록펠러의 친형제들도 그를 극도로 싫어했다. 자기 아이들의 유골을 록펠러 가의 납골당에서 다른 곳으로 옮기며 "록펠러 지배하에 있는 땅에서는 아이들조차 편히 잠들 수 없을 거다”고 말했다.

그의 전성기에 황금이 베수비오Le Vésuve 화산의 분화구에서 흘러나오는 용암처럼 그의 금고로 흘러들어가고 있었다. 그런데 록펠러의 왕국은 하루아침에 붕괴해 버렸다. 서적, 신문, 잡지가 세력을 합해서 스탠더드 오일사의 강도 같은 사업을 탄핵하고 나섰던 것이다. 철도 회사와의 비밀 협정, 경쟁자들에 대한 가혹한 술책이 탄핵의 대상이 됐다.

록펠러의 건강은 매일 쇠약해졌다. 드디어 의사들은 그에게 진실을 알려 주었다. 돈이든, 번민이든, 생명이든 그 중 하나를 택하라고 했다. 은퇴하든가 죽든가 둘 중 하나밖에 없다고 했다. 결국 록펠러는 은퇴했다. 록펠러는 은퇴해서 골프를 배우고 원예를 시작했다. 이웃과 잡담을 하며 노름도 하고 노래도 불렀다. 그리고 반성의 시간을 가졌다.

태어나서 처음으로, 얼마쯤 돈을 벌 것인가를 생각하지 않고 돈이 사람의 행복을 위해 얼마나 도움이 되는가를 생각했다. 이제 록펠러는 그 막대한 돈을 사람들에게 나눠주기 시작한 것이다. 록펠러는 미시건 호반의 작은 대학이 빚으로 차압당하고 폐쇄 직전에 있다는 소식을 들었다. 그가 수백만 달러를 기부해서 지금은 세계적으로 명성을 떨치고 있는 시카고대학교의 기초를 확립했다. 최초의 흑인 농생물학자이자 땅콩 박사인 조지 워싱턴 카버George Washington Carver가 사업을 계속하도록 터스키기 대학교Tuskegee University에 기금을 기부했다. 십이지장충의 권위자인 찰스 W. 스타일스 박사에게 수백만 달러를 주어 기생충의 확산을 막았다. 록펠러는 록펠러 제단을 설립하고 페니실린을 만들었고, 척수염도 고칠 수 있게 했다. 말라리아, 결핵, 유행성 감기, 디프테리아 같은 많은 병에 대한 치료법도 진전시켰다. [42]

록펠러의 평가는 두 가지로 극과 극이다. 기업가로 볼 때는 악덕 기업가다. 그는 불법 독과점, 노조 탄압, 문어발식 확장, 주가 조작 같은 일을 저질렀다. 반대로 그는 말년에 자신의 돈을 수많은 생명을 구하는데 썼다. 완벽한 사람은 없다. 필자는 록펠러의 말년을 조명하고 싶다. 데일 카네기_{Dale Carnegie}에 의하면 록펠러는 자신이 저지른 나쁜 일에 대해 반성의 시간을 가졌다고 한다. 그것이 사실인지 아닌지는 모르겠지만 그의 행동을 볼 때 어느 정도 마음의 변화는 있었던 것 같다.

록펠러는 지금 봐도 못된 짓을 많이 했고 사람들에게 욕먹을 만하다. 하지만 그의 흑역사는 그가 반성하고 인류에 공헌할 수 있는 기회를 주었다. 그가 지저분한 흑역사를 통해 번 돈은 인류가 건강하고 행복한 삶을 유지할 수 있도록 만들어주었다. 그의 돈이 질병으로 죽을 수밖에 없는 세상을 바꾼 것이다.

필자는 큰 비전을 가지고 있다. 나의 부와 행복을 위한 비전이 아니라 이 나라와 세계를 바꾸는 비전이다. 나는 세상을 바꾸는 비전을 품고 있다. 그 비전을 이루기 위해 오늘도 하늘을 날고 있다. 이미 나는 내 날개, 추력과 양력을 이용해 날고 있다. 당신은 어떤가? 이미 비전을 향해 하늘을 날고 있는가? 아니면 아직 준비조차 하지 못했는가? 지난 흑역사에 발목이 잡혀서 이륙 활주로에 들어가지도 못했다면 이제 바꾸자. 더 이상 흑역사를 내 발목 잡는 녀석으로 생각하지 말자. 흑역사는 나의 힘이다. 흑역사를 나의 힘으로 만들어 근육을 키우고 비전을 향해 이륙하자. 비전을 향해 날아보자. 스티브 잡스처럼, 록펠러처럼 세상을 뒤집어엎고 바꾸기 위해 날아보자. 하늘은 넓고 높다. 우리가 갈 곳은 어디에든 있고 할 수 있는 일은 무엇이든 있다. 준비됐는가? 흑역사는 나의 힘이다.

"우리가 무시해야만 하고 잊어야만 할 사소한 일에 대해
마음을 쓰지 마라. 기억하라.
인생은 시시하게 살기에는 너무도 짧다."

데일 카네기

° 흑역사는 전설이 된다

1992년 4월 11일, 3인조 그룹이 'MBC 특종 TV 연예'를 통해 데뷔했다. 'MBC 특종 TV 연예'는 새로운 프로그램을 만들었는데, 이 프로그램은 신인 가수들이 나와서 노래를 하면 심사위원들에게 심사평과 점수를 받는 것이었다. 이날 등장한 이 그룹은 첫 무대를 멋지게 장식했다. 그런데 심사위원들은 최저 점수인 7.8을 줬다. 심사평도 나빴다. "멜로디 라인이 부족하다.", "춤에만 신경 썼다." 필자도 이날 방송을 봤고 아직까지 기억하고 있다. 정말 그랬다. 처음 듣는 노래에 장르를 알 수 없고 춤도 과격했다. 하지만 어떻게 됐을까? 그날 이후 모든 방송과 언론은 이 그룹 이야기뿐이었다. 이 그룹은 가요계의 전설 '서태지와 아이들'이다.

서태지와 아이들은 나오자마자 가요계를 뒤집어버렸다. 1집 앨범은 180만장이 팔렸고 모든 음악 방송에서 1위를 했다. 2집은 220만 장이 팔렸고 역시 모든 음악 방송에서 1위를 했다. 3집은 160만장이 팔렸고 마찬가지로 모든 음악 방송에서 1위를 했다. 4집 앨범은 240만장이 팔렸다. 4집 앨범의 'Come back Home'은 10대를 위로하는 가사로, 가출 청소년들이 이 노래를 듣고 집으로 돌아갔다는 기사가 나올 정도였다. 서태지와 아이들의 음악은 방송과 언론에 도배가 됐고, 그 시대 문화에 지대한 영향을 끼쳤다.

서태지와 아이들의 시작과 끝은 전설로 남았다. 시작은 어설픈 노래와 춤으로 가요계에 나왔다가 전문가들로부터 혹평을 받고 무시 받았다. 물론 인격적 무시는 아니었지만 그 당시 주류를 이루었던 노래와 너무 달라서 차별을 받은 것이다. 끝은 4집 만에 화려한 은퇴를 했다. 그들은 짧은 기간 동안 화려한 전설을 남겼다. 그 전설은 지금까지도 그들을 좋아하는 사람들의 가슴에 남아있다.

흑역사는 처음에 가혹하게 느껴지지만 빛나는 역사를 이루고 나면 하나의 점으로 밖에 보이지 않는다. 지나고 나면 "그땐 그랬지."라고 웃으며 지나간다. 지금도 많은 이들이 흑역사를 경험하고 빛나는 역사로 넘어가고 있다. 흑역사는 단지 실험일 뿐이고, 실험이 끝난 뒤에는 성공이 있다는 것을 잊지 말자. 실패는 없다. 단지 실험만 있을 뿐이다. 실패는 없다. 단지 시련만 있을 뿐이다. 흑역사는 전설이 된다. 필자는 서태지와 아이들처럼 전설이 되고 싶다. 당신도 나와 함께 전설이 되기 바란다.

° 비전을 향해 날아라

가난한 것은 흑역사가 아니다. 필자가 몇 년 전까지 극단적으로 절제한 삶은 쉽게 말하면 가난한 삶이었다. 나는 가난했지만 그것을 흑역사라고 생각하지 않는다. 왜냐하면 내가 선택했기 때문이다. 하지만 가난이 흑역사인 경우가 있다. 바로 가난을 벗어나려고 노력하지 않거나 가난하면서 불평과 불만만 늘어놓고 변하지 않는 것이다. 이것이 가난의 흑역사다.

중국 최대 전자상거래 기업 알리바바Alibaba의 창업주 마윈은 어린 시절 가난했지만 9년 동안 외국인들이 머무는 호텔에 가서 공짜로 중국 관광 가이드를 해주고 영어를 배웠다. 대학을 졸업하고 취업을 시도했지만 거의 모든 회사에서 거절당했다. 1999년 8,800만원으로 알리바바Alibaba를 창립한 후 중국 최대 전자상거래 기업이 됐다. 마윈의 재산은 2138억 위안, 우리 돈으로 약 36조 3640억 원이고, '중국의 빌 게이츠', '21세기 가장 주목받는 경영자'로 불리고 있다. 그가 한 말 중 아주 유명한 이야기가 있다.

"세상에서 가장 같이 일하기 힘든 사람들은 가난한 사람들이다. 자유를 주면 함정이라 얘기하고, 작은 비즈니스를 얘기하면 돈을 별로 못 번다고 한다. 새로운 것을 시도하자고 하면 경험이 없다고 하고, 큰 비즈니스를 얘기하면 돈이 없다고 하고, 새로운 비즈니스모델이라고 하면 다단계 사업이라고 한다. 상점을 같이 운영하자고 하면 자유가 없다고 하고, 새로운 사업을 시작하자고 하면 전문가가 없다고 한다. 가난한 사람들은 공통적인 한 가지 행동 때문에 실패한다. 그들의 인생은 기다리다가 끝이 난다. 그들에게는 공통점이 있다. 그들은 구글Google 이나 포털 사이트에 물어보기를 좋아하고, 희망이 없는 친구들에게 의견 듣는 것을 좋아하고, 장님보다 더 적은 일을 한다."

당신의 지금 모습이 혹시 이렇지 않은가? 아니라면 다행이다. 그런데 이 책을 여기까지 읽었는데도 이런 말을 한다면 한 번 더 읽기 바란다. 이 책은 흑역사를 빛나는 역사로 바꾸기 위한 책이고, 가난한 사람의 삶을 가난을 벗어난 삶으로 인도하는 책이다. 당신은 흑역사에 계속 머무를 이유가 없다. 흑역사는 지나가는 시간 속의 한 점일 뿐이다. 그 점에서 다른 점을 찍고 옮겨가라. 다른 점에서 당신의 역사가 시작된다.

이 책은 《비전을 향하여》의 2탄이다. 그 책에서 담지 못한 흑역사 이야기를 독자들과 공유하고 싶었다. 흑역사를 빛나는 역사로 쓰기 위해서는 반드시 비전이 필요하다. 비전을 보고 가야 목적지에 도달할 수 있기 때문이다. 큰 힘으로 비행기를 이륙시키고 하늘을 날지만 최종 목적지가 없다면 비행기는 연료를 모두 써버리고 추락할 것이다. 우리의 비행은 분명한 목적지가 필요하다. 지치고 힘들 때 힘이 되고, 방향을 잃었을 때 다시 방향을 찾을 수 있는 것이 비전이다. 비전에 대해서 더 알고 싶다면 《비전을 향하여》를 보기 바란다. 당신을 더 강하게 만들어 줄 것이다.

이 책을 읽고 흑역사를 빛나는 역사로 만든 일, 비전을 찾아가는 여정에서 생긴 성공담, 어려움을 극복한 사례가 있다면 필자에게 보내주기 바란다. 글이든지 음성 녹음이든지 무엇이라도 좋다. 사례가 많아지면 책으로 만들어서 다른 청춘들에게도 도움을 줄 수 있기를 기대한다. 필자가 책으로 하지 못한 많은 얘기가 있다. 서로 얼굴을 맞대고 나눌 수 있는 기회를 만들어서 청춘들과 대화하길 기대한다.

마지막으로 아내와 아이들에게 사랑을 전한다. 아내의 전적인 지지가 나를 만들었고 이 책을 탄생시켰다. 그리고 이 책을 쓸 수 있는 지혜를 주신 예수님께 감사를 드린다. 그분이 아니었다면 나는 존재하지 못했고, 이 책은 세상 밖으로 나오지 못했다. 그분으로 인해 나는 특별하고 소중한 존재가 됐다.

자, 이제 비전을 향해 날아오르자. 당신은 특별하다. 당신은 할 수 있다.

Bravo My Vision

참고문헌

1) 《김창한 펍지 대표 3000만장 팔린 배틀그라운드》 유하늘 | 한국경제

2) 《마음을 열어주는 101가지 이야기2》 잭 캔필드, 마크 빅터 한센 | 류시화 역 | 인빅투스

3) 《시련은 있어도 실패는 없다》 정주영 | 제삼기획 (84~88쪽)

4) 《영혼을 위한 닭고기 수프2》 잭 캔필드, 마크 빅터 한센 | 류시화 역 | 푸른숲 (197-200쪽)

5) 《세계 최고의 인재들은 실패에서 무엇을 배울까》 사토 지에 | 김정환 역 | 21세기북스

6) 《제록스》 네이버 지식백과 | 세계 브랜드 백과 인터브랜드

7) 《혼다》 네이버 지식백과 | 굿모닝미디어

8) 《실패에도 감사하라》 루어무 | 신기봉 역 | 해피맵북스 (31~33쪽)

9) 《마음을 열어주는 101가지 이야기2》 잭 캔필드, 마크 빅터 한센 | 류시화 역 | 인빅투스

10) 《발명상식사전》 왕연중 | 박문각

11) 《실패에도 감사하라》 루어무 | 신기봉 역 | 해피맵북스 (82쪽)

12) 《영혼을 위한 닭고기 수프2》 잭 캔필드, 마크 빅터 한센 | 류시화 역 | 푸른숲 (174-176쪽)

13) 《실패에도 감사하라》 루어무 | 신기봉 역 | 해피맵북스 (60~61쪽)

14) 《알프레드 노벨》 네이버 지식백과

15) 《실패에도 감사하라》 루어무 | 해피맵북스 (46~49쪽)

16) 《오자와 세이지》 두산백과

17) 《실패에도 감사하라》 루어무 | 해피맵북스 (111~112쪽)

18) 《실패 DNA 비밀》 한효신 | Longtail Odyssey (215-218쪽)

19) 《윈스턴 처칠》 네이버 지식백과

20) 《실패에도 감사하라》 루어무 | 신기봉 역 | 해피맵북스 (22쪽)

21) 《끈기로 만들어낸 닭튀김의 대명사 KFC, 커널 샌더스》 네이버 블로그 혼창통

22) 《토머스 에디슨》 두산백과

23) 《실패에도 감사하라》 루어무 | 해피맵북스 (23~24쪽)

24) 《실패에서 배우는 경영》 윤경훈 | kmac (319~326쪽)

25) 《마음을 열어주는 101가지 이야기2》 잭 캔필드, 마크 빅터 한센 | 류시화 역 | 인빅투스

26) 《성공의 길에 놓인 실패 경험》 조이 그린 | 이은정 역 | 아침나라

27) 《우주왕복선 챌린저호 참사가 남긴 것》 나로우주과학관

28) 《챌린저 우주왕복선 폭발 사고》 위키백과

29) 《써먹는 실패학》 하타무라 요타로 | 김동호 역 | 북스힐

30) 《나폴레온 힐 성공의 법칙》 나폴레온 힐 | 김정수 역 | 중앙경제평론사 (170~172쪽)

31) 《실패에도 감사하라》 루어무 | 신기봉 역 | 해피맵북스

32) 《김연아》 위키백과

33) 《김연아》 EBS 인성채널

34) 《인간의 뇌는 참과 거짓을 구분하지 못한다》 조현욱 | 중앙일보

35) 《조선왕조실록》 최준식 | 위대한 문화유산 | 네이버 지식백과

36) 《'애니콜 화형식' 계기 훌쩍 큰 삼성, 기억하라 1995》 이승훈, 윤진호 | 매일경제

37) 《영혼을 위한 닭고기 수프2》 잭 캔필드, 마크 빅터 한센 | 류시화 역 | 푸른숲 (164~169쪽)

38) 《강아지똥》 권정생 글 | 정승각 그림 | 길벗어린이

39) 《첫 직장을 스스로 빠르게 나가는 이유는?》 헤럴드경제

40) 《가슴 뛰는 비전》 정철상 | 중앙생활사

41) 《스티브 잡스》 위키백과, 나무위키

42) 《카네기행복론》 데일 카네기 | 최염순 역 | 씨앗을 뿌리는 사람 (433~442쪽)

흑역사는 나의 힘

초판인쇄	2018년 11월 19일
초판발행	2018년 11월 26일
지은이	이두용
발행인	조현수
펴낸곳	도서출판 더로드
마케팅	최관호 최문섭 신성웅
편집	조용재
디자인	호기심고양이
주소	경기도 고양시 일산동구 백석2동 1301-2 넥스빌오피스텔 704호
전화	031-925-5366~7
팩스	031-925-5368
이메일	provence70@naver.com
등록번호	제2016-000126호
등록	2016년 6월 23일

정가 15,000원
ISBN 979-11-6338-009-2